·私体验旅行丛书·

微信号 海风-1973

一人一车一帐篷

我的台湾自由行

海风 著

暨南大学出版社
JINAN UNIVERSITY PRESS

中国·广州

图书在版编目（CIP）数据

一人一车一帐篷：我的台湾自由行／海风著. —广州：暨南大学出版社，2014.9
（私体验旅行丛书）
ISBN 978-7-5668-1087-8

Ⅰ.①一… Ⅱ.①海… Ⅲ.①游记—作品集—中国—当代
Ⅳ.①I267.4

中国版本图书馆 CIP 数据核字（2014）第 148785 号

………………………………………………………………………………

一人一车一帐篷
著　　者：海　风

出 版 人：徐义雄
策划编辑：崔军亚　陈绪泉
责任编辑：陈绪泉　郭俐伽
责任校对：曾　栩

地　　址：中国广州暨南大学
电　　话：总编室（8620）85221601
营销部（8620）85225284　85228291　85228292（邮购）
传　　真：（8620）85221583（办公室）　85223774（营销部）
邮　　编：510630
网　　址：http://www.jnupress.com　http://press.jnu.edu.cn
排　　版：广州良弓广告有限公司
印　　刷：深圳市新联美术印刷有限公司
开　　本：787mm×960mm　1/16
印　　张：12.5
字　　数：182 千
版　　次：2014 年 9 月第 1 版
印　　次：2014 年 9 月第 1 次
定　　价：39.80 元

自序一　一首《乡愁》引发的台湾之行

小时候，
乡愁是一枚小小的邮票，
我在这头，母亲在那头。

长大后，
乡愁是一张窄窄的船票，
我在这头，新娘在那头。

后来啊，
乡愁是一方矮矮的坟墓，
我在外头，母亲在里头。

而现在，
乡愁是一湾浅浅的海峡，
我在这头，大陆在那头。

多年前的一个中秋夜，在两岸联合举办的中秋节晚会上，当舞台上老演员声情并茂地朗诵著名诗人余光中的这首《乡愁》时，我的心头突然像过电一样，产生了一种从没有过的心跳感觉。以前听过这首诗很多次，这次却有种别样的滋味。我的心仿佛随着配乐诗，越过那浅浅的海峡，飞到了宝岛。

2013年，广州的夏天似乎比以往来得稍晚一些。五月，几场雷雨过后，湿热的天气才降临这座城市。日子一天天地流逝，如白开水般，平淡无味、波澜不惊。

某天的午后，我独自走在校园里，路边的芒果树硕果累累，树叶随风沙沙作响，树荫下的滚滚热浪迎面而来，空气炽热而潮湿，皮肤上的汗毛孔被汗液封堵，黏黏糊糊，我顿时心情烦躁起来。我知道不安分的内心又需要一次长途旅行才可以得以抚慰。

人，往往就是这样，常时间处于某种状态，身心疲惫，就需要换种方式来进行调节。想起多年前的心愿，我决定去台湾看看。

骑行台湾来自于我对真实台湾的向往。我不希望此次旅程是在景点之间来回奔波。我要逃离颠簸的大巴和豪华的酒店，逃离充满喧嚣游客的景点，逃离到此一游和批量工业生产的纪念品。我要骑过山川，奔向海洋，骑行在陌生的小街弄巷里，骑行在盛夏的田园风光里。我要换一个视角去感受台湾之美。

决定之后，我从图书馆借来相关书籍，开始策划我的行程。以前，对我而言，台湾只是一个符号，一个遥不可及的地名。而在这个夏天，台湾将是个实实在在的地方，我要亲身去体验、去感悟那里的风土人情和那里的山山水水，以我的方式，一个人、一辆单车、一顶帐篷，用不一样的旅途，去探访不一样的台湾。

曾经有一段时间，我常常凝视着墙壁上悬挂的大幅台湾地图，在心里盘算着15天自由行的线路。说实话，我很为难，要想深入地了解台湾，15天的时间太短。

随着对台湾的不断了解，台湾在我脑海中，渐渐丰满起来。

慢慢地，我不得不放弃全程环岛骑行的计划。如果只是为了在15天之内匆匆完成环岛骑行，而不去游览一些名胜古迹、大好河山，也就失去了此行的意义。一路忙着赶场，到处匆匆而过，这和旅行团观光游有何区别？

经过一段时间的纠结，我决定从台中开始逆时针骑行。为了能够兼顾到日月潭、阿里山景区，我还必须从西海岸翻越中央山脉，才能够来到日月潭，一睹其尊容。而在台湾中横公路上，风光优美的清境农场同样也吸引了我的眼球，我还必须进一步向中央山脉进军，才可以来到这个世外桃源。此外，高雄西子湾、恒春古城、垦丁公园、绿岛、太鲁阁、九份、野柳等经典景点，都在不断地向我召唤。

骑行起点可以选择，而终点却无法预料。天气、体力、路况等种种因素都可能影响我的行程，而最令我担心的就是台风的袭击。长途骑行，遇到刮风下雨的天气是难免的，但对于西太平洋上的孤岛——台湾来说，夏季不可能没有台风。考虑到这些因素，我初步设想争取骑行到台北。如果时间不够，剩下的行程只能乘火车赶到台中，结束整个台湾行程。

在实际的骑行中，我不得不再次调整计划，最后骑行终点只到达花莲。但，我已心满意足。

我早已厌烦了随团旅游被导游牵着鼻子走的赶场；厌烦了一群咋咋呼呼、吆三喝六、朝夕相处的团友；也厌烦了上车睡觉、下车撒尿、景点拍照这种公式化的旅游方式。此次骑行，不走寻常路，只爱陌生人。因为不一样的旅行方式，我才得以与台湾警察在派出所里畅谈两岸关系；与小饭馆老板在茶余饭后谈笑风生；与家庭主妇在“国小”校园内聊聊家常；与陶瓷手工艺人谈谈经济形势；与公路建筑工人同吃同住……

为什么选择一个人骑车，还是以露营的方式完成台湾之旅？这是在骑行中常常被问到的话题。表面上，我习惯了一个人骑行，但我知道，多年前的那首《乡愁》拨动了我的神经，让我一个人慢慢去体会、用心去感悟台湾的点点滴滴，去享受在台湾遭遇的悲欢痛喜。

每天醒来，置身于大自然中，我期待着新的一天到来。我要尽情享受大自然的恩赐，不管迎接我的是灿烂阳光还是凄风苦雨。

我以骑行的方式，在一踩一踏之间，轻松惬意地去慢慢体会风景的不同与美好。

一个人陶醉，一个人流泪，一个人独自去面对。

其实，我内心知道，哥玩的不是寂寞，是孤独！

自序二　不得不说的单车旅行

在具有神秘魅力的探险后面呈现出的坚忍不拔和无拘无束的流浪生活，是对我们天生的舒适和安逸的解药。它预示着一种对衰老、他人的虚弱、人际关系的责任、各种各样的弱点及缓慢而乏味的生活进程的青春少年式的拒绝。

——大卫·罗伯特　《犹豫时刻》

1924年，英国登山家乔治·马洛里准备再次攀登珠穆朗玛峰，当被问及为什么要攀登珠穆朗玛峰时，马洛里平静地说道：因为山在那里。

骑行和登山一样，都是必须经历艰辛的磨砺才可以到达终点。经历过艰苦的努力后到达目的地的欢愉心情，是常人无法想象的。骑行不仅是对体能的挑战，更是对自己人生目标的思考。

从2007年开始，我利用暑假陆续地骑行了几个地方。有在戈壁滩顶着40多度高温烈日下的暴骑，有在青藏高原冒着磅礴大雨的骑行，有远走异国他乡千里走单骑的孤独之旅……在别人眼里，这些经历一个比一个精彩，一个比一个震撼，一个比一个激动人心、扣人心弦。对我而言，这是我枯燥生活中的添加剂、调味品，是我认识世界、了解自己的方式。只是这种方式略有不同，稍带自虐性质，但并非不可触及。

有学生问我，为什么要骑车旅行？这时，我才意识到这是一个很值得思考的问题。这个问题应该是超越了骑行或旅行的概念，直达心灵深处，触及人人都要面对的问题，即我们每一个人对待生活的态度，对待世界的态度。这其实就是一个人的人生观、价值观的问题。

我们每个人都或多或少有一颗流浪的心，一颗充满希望的心。我用这颗心去远方，去看不一样的精彩世界，即使是艰苦的地方又何妨？

“读万卷书，行万里路”，古训这样教导我们。在路上可以体会到不同的风情，可以更真实地看清自己，更容易使我们产生对人生、对未来的思考。当离开熟知的环境和熟悉的朋友，来到一个陌生的地方，所有的问题都必须是由你一个人来判断、做决定，一个崭新的、真实的、强大的自己就呈现在你的面前。因此，旅途是发现另一个自己的途径；旅行的意义，并不是浏览他人，而是寻找自己。

很多同学会问这样的问题：单车坏了怎么办？没有住宿怎么办？路上遇到危险怎么办？我深知，有这些疑问的同学，多半是不敢去骑车旅行的。因为，在出发之前，他（她）就已经给自己的出行设置了重重的障碍。不出发，可能有一万个理由；但出发，只需要一个理由！我们感知这个世界的方式有多种，为什么不用我们自己的双脚、双眼和心灵去认识这个世界？

我们每个人都在不同的道路上行走，有的人走得铿锵有力，有的人走得歪歪扭扭。在路上，听着自己的脚步声，看着路上的风景，在并不平坦的漫长路上，品味艰辛、品味痛苦，更品味路途带来的人生感悟。只有在路上，我们才能找到真实的自己。

平日里，我们对很多事情好像都已经麻木了，整天提不起精神。我们生活在物欲横流的时代，人和人仿佛处在一种利益瓜葛之中，做事情要考虑这个事情会为自己带来什么样的利益。在这个飞速运转的社会里，我们脑子里每天接收着来自方方面面的欲望刺激。也许我们已经走得太远，早已忘记最初出发的目的，忘记自己的梦想是什么了。

我们常常抱怨社会不公，仿佛老天从来就没有正眼看过自己，好运也从未降临到自己头上。我们苦苦挣扎，总想改变社会、改变自己，可我们却习惯瞻前顾后、畏手畏脚。最终我们四面碰壁、心灰意冷、身心疲惫，抱怨着自己，抱怨这个活生生的、血淋淋的社会。

而乐观的人总是高昂着头、挺着胸膛，以积极的态度去认识这个鲜活的世界。丢掉思想的包袱，背上行囊，踏上单车，去远行吧！给心灵一个假期，给梦想插上翅膀，到远方，去放飞心情，去寻找自己，去感知世界！

在远方，你会发现，世界是多么美好！

目　录

休息為了走
更遠
路

Taichung City
Changhua County
Yunlin County
Nantou County
Hualien County
Chiayi City
Tainan City
Kaohsiung City
Taitung County
Pingtung County
Qingshui
Fengyuan
Heping
Xiulin
Beitun
Taiping
Xincheng
Yuanlin
Douliu
Zhushan
Lugu
Gukeng
Beigang
Minxueng
Meishan
Yushan
Alishan
Zhongpu
Baihe
Taoyuan
Haiduan
Guanshan
Beinan
Qishan
Pingtung
Chaozhou
Shizi
Mudan
Liuqiu
Fenglin
Guangfu
Ruisui
Yuli
Zhuoxi
Donghe
Xiluo
Huwei
Puzi
Dalin
Taixi
Sihu
Kouhu
Qigu

出发前的准备：好事多磨东风齐　海峡轮渡变通衢

对我而言，旅行就是离开自以为是的生活，串联起以前的回忆，并以开放的态度去结识日常生活之外的有趣之人……这是我至今最勇敢的旅行，也是我至今最懦弱的旅行。习惯了依靠和呵护，便很难再独立起来。但是，亲爱的，要成为一个完整的人，你必须变得坚强。

——陈宇欣《我就是想停下来，看看这个世界》

淘宝办证

决定去台湾，很简单。但怎样去，以及在台湾的吃、穿、住、行等琐碎问题，就不再是头脑发热就可以解决的了。

本着“少花钱，多办事”的出行原则，我决定选择从海路进入台湾。在比较了厦门和福州平潭岛去往台湾的客轮价格之后，我选择了平潭岛“海峡号”客轮往返。之所以选择“海峡号”，除了价格便宜的因素外，还有一个因素就是，我是在结束环渤海湾骑行之后才开始骑行台湾，从山东坐火车到达福建，只有青岛到福州的列车最为方便，也最为省钱。

对于大陆游客来说，去台湾旅行，必须办理《大陆居民往来台湾通行证》（简称大通证）、签注，以及台湾地区签发的《台湾地区入出境许可证》（简称入台证）。

一切，从零开始。

通过上网查找资料，以及电话咨询去过台湾的朋友，21天后，我终于办好了大通证。本来可以两周之内拿到大通证，但必须多花15元费用，并且需要通过邮政特快专递才行。而自行去领取证件，必须在15个工作日之后，也就是三个星期后才可以领取。

在等待大通证的期间，按照淘宝网上办理入台证的要求，开始收集、整理所需的材料。身份证、户口本、收入证明、行程表等资料，一一拍照、编号，等待大通证到手之后，一并发出。

当第一次从朋友那里听说入台证可以从淘宝网上购买，比指定六大定点旅行社的报价还要便宜不止一两百时，我大吃一惊。

在众多卖家中，挑选了一家信誉、价格都很不错的商家，我就下单了。

淘宝网是个好东西。没有买不到，只有想不到！

正当我踌躇满志时，意外发生了。

在我把所有资料通过电子邮件发给淘宝店之后的第三天，对方打来电话，说我的存款证明不合格，恐怕会被拒签。我一头雾水，明明是5万元的定期存款证明啊，怎么会不合要求。对方说，存款证明必须是在办理入台证之前1个月存入。我说，是啊，我的存款就是在几个月前存入的啊。对方耐心地指出我提交的存款证明上显示的日期是从开具证明那天开始的，因此，我必须重新提交一份收入证明或存款证明。我这才明白，那天在开存款证明时，没有刻意交代银行员工将我的定期存款冻结从我存入之日开始算起。开具证明时按照银行规定，我花了20元手续费才办理的。

翌日，我再次来到那家银行，先和行长交涉，询问是否可以重新开具一张存款证明。行长请来负责业务的副行长给我解答。副行长豪迈地说让我放心，可以重新开证明，只是需再交一次手续费。我暗暗咬牙，心想，霸道啊！作为银行存款客户，我有现金存入你们银行，你就应该有义务给我开具这笔存款的证明，这笔手续费完全可以认为是强取豪夺。

再次将存款证明拍照发给淘宝卖家，三天后，接到通知，入台证已经办下来，已发到我的邮箱里了。我心中的一块石头终于落了地。

万事俱备，东风亦到！

为了方便后来者赴台自由行（仅限于开通自由行的城市），现将所需资料罗列如下。

大通证：身份证及复印件、户口簿及复印件、照片（专门的证件照)、照片回执、申请表格（网上填写，办理时可以在公安局打印）。广州市开通了市民办证网上预约业务，办理等候时间大大缩短了，但在办证大厅网上预约签到处就要排队等候了。此处不排队，彼处排队，该花的时间还是省不了啊！

入台证：

分类	准备材料要求	特殊说明	备注
一、通行证	1. 台湾通行证照片页彩色扫描件（头像清晰不反光）		原件扫描
	2. 台湾通行证有效 G 签注页彩色扫描	一定要看清楚是 G 签（出发在有效期之内）	原件扫描
二、个人入台申请表（打印出来，手写扫描）	1. 赴台个人旅游申请书一份	签名：必须手写签名	
	2. 赴台个人旅游行程表一份	1. 必须填写，不能空着； 2. 没有确定的话就填写预计的机票、酒店； 3. 关于出行时间的更改：如果超出了行程表的时间，须出行前 2 个工作日向旅行社提出更改，重新上保险费用及手续费；不更改的话，保险会过期，入台和出台时间是为了上保险用的，日期不准不会影响入台	表中需要粘贴的地方不用贴
三、照片	本人 2 寸白底彩色照片扫描件	一年内近照，要求露双耳五官 （规格 3.5×4.5、头：3.2×3.6）	扫描尽量清晰
四、身份证明	1. 身份证正反面彩色扫描件 2. 户口簿正本彩色扫描件	1. 正反面都要扫描； 2. 整本逐页扫描；集体户口的话本人页扫描	非集体户口的一定要整本

(续上表)

分类	准备材料要求	特殊说明	备注
五、紧急联络人必须为亲属(5 选 1)	1.大陆紧急联络人的身份证正反面彩色扫描件及户口簿整本彩色扫描件	整本逐页扫描	一定要整本
	2.大陆紧急联络表	签名：必须手写签名	
	3.紧急联络人与出行人关系证明 ①在同一户口本上（迁出页也可以）要能够直接体现出关系； ②结婚证（不适用夫妇同行的情况）； ③独生子女证或出生证明； ④ 派出所开具的亲属关系证明（带双方身份证、户口本）； ⑤公证书	1. 紧急联络人必须是年满 18 周岁，并与出行人为亲属关系、未出行的人； 2. 派出所开具的亲属关系证明以派出所开出来为准	原件扫描
六、财力证明(20 岁以上需提供) (3 选 1)	1. 存款证明：银行开具人民币 5 万元的存款证明扫描件	1. 送件的时候要保证 5 万元已经存入银行，分笔的话最后一笔存入时间要一个月以前； 2. 存款必须注明已冻结，冻结期至此行程结束	一般冻结 3 个月
	2. 金卡信用卡：金卡或白金卡 (正反面扫描件)	1. 必须是金卡或者金卡以上（不要求具体信用额度）； 2. 卡上需要有金卡标记，如无则需要银行开具相关金卡证明； 3. 卡背面签名； 4. 为安全起见，可将卡背面签名档右侧验证码盖住	原件扫描
	3. 收入证明：年收入必须在 13 万元人民币以上，用带有公司抬头的信纸开具，注明人民币币种、单位名称、地址、电话，且有经办人手写签名加盖公司公章	1. 没有抬头纸的话可自己编辑，注意页眉页脚要规范； 2. 英文也可以，但要注明人民币币种，而且必须为年薪，月薪不可以； 3. 注意必须有经办人签字和单位公章或人事章或部门章	此项内容移民署不核实真伪

(续上表)

分类	准备材料要求	特殊说明	备注
七、随同亲属（仅限父母、子女、夫妻，如没有则不填）(5选1)	1. 随同亲属名册表一份	随同亲属提供材料比较简单，只需要提供第一至第四项材料就好。	表格中需要粘贴的地方不用管
	2. 主申请人与随同亲属关系证明 ①在同一户口本上（迁出页也可以）； ②结婚证； ③独生子女证或出生证明； ④派出所开具的亲属关系证明（带双方身份证、户口本）； ⑤公证书	1. 必须是父母与子女、夫妻关系才可以作为随同亲属； 2. 此项规定主要方便那些自己没有资格证明，借主申请人通行（主申请人不用提供双份的资格证明）； 3. 随同亲属必须与主申请人同进同出（航班一致）	原件扫描
八、年满18岁以上的在校学生	1. 不用提供财力证明，需提供目前就读大陆地区学校的学生证或在读证明彩色扫描件（在国外上学者不可以）		整本彩色扫描件(封面+注册页有注册日期)
	2. 未满20岁需要父母同意书彩色扫描件；20岁以上不需要		
九、18周岁以下儿童	未满18周岁的未成年人不得单独申请台湾个人游，必须由直系亲属带领；再按随同亲属“流程七”操作即可		只限父或母陪同前往

苦中作乐的行程

骑行渤海湾结束之后，我马不停蹄地坐火车赶到了福州。

一下火车，炎热的天气给了我当头一棒，闷热的空气立刻将我包围。从凉爽的威海来到炎热的福州，毛囊迅速被湿乎乎的汗液糊住。在站台上装好行李，我一刻没有停留，出闸口、过隧道，来到地面，找到附近的汽车站买了张开往平潭的车票。

现在我相当害怕车站过安检这个环节，我必须将行李从单车上卸下，装进大大的编织袋里，用绳子捆扎好，再将单车折叠好，装进装车袋里过安检。然后我还要像打仗一样争分夺秒地将我的物品从安检台拿下，移到一边。动作稍慢一步，就有可能影响其他乘客的安检进度。接着，我还要手提行李肩扛单车，像民工过年回家一样在候车室里找座位等待验票上车。如果很幸运碰到好心的工作人员，安检时就可以免去我的单车。

最狼狈的时刻是我在青岛乘火车时。当时，为了节省20块钱的搬运费，我手提肩扛地从进站口到候车室，验票后，又从候车室搬运到列车上。长长的车厢，偏偏我坐的卧铺车厢又在火车的另一端。我汗流浃背、肩酸手疼，走走停停，苦不堪言。

苦吗？其实不苦。因为这是我自己的选择，是我喜欢做的事情。累吗？其实，也不累。跟那些在城里务工的农民工相比，我这点累根本就算不上什么。

只有经历了事事的艰辛，才格外珍惜平日的安逸。

买好票，我没有推着单车进入候车大厅，而是绕到旁边大门进入车站停车场，找到去平潭的车位。我这才卸下行李，打包、装车，熟门

熟路。

车站内的候车区域，人声嘈杂，进进出出的汽车发动机轰鸣，尖锐刺耳的喇叭声此起彼伏，墙柱上的大风扇卖力地“呼呼”吹着热风。

车站工作人员的柜台边摆放着一个大塑料桶，放着大冰块，以此来降温。刚开走了一趟班车，还要再等40分钟。今天的目的地就是平潭岛，路程只有100多公里，两个小时就到了。我不慌不忙地坐下，百无聊赖地看着来来往往的汽车和行人。

平潭码头露营

中午到达平潭，吃饭、去码头交钱换票，一切尽在掌控之中。

吃饭时，我发现老板娘竟然是广东人，在广州还有亲戚。老板娘免不了询问了我台湾之行的计划，期间东拉西扯，谈谈广州的变化，聊聊平潭岛的发展。

平潭岛由于与台湾隔海相望，距离最近，有着得天独厚的地理优势。“海峡号”开通两年来，当地政府也看到了这里的发展潜力，正在到处大兴土木。按照老板娘的话说，这里的房价有些已经达到每平方米一万五千元了。哪里有潜力，哪里就有商机，哪里就有外来人口。

如果说，有一件事让我放心不下，那就是当晚的露营地点。其实，骑行台湾，我一点都不担心露营的问题。台湾的治安比大陆好，民众的文明程度高，幸福指数也高，我可以做到随遇而安。然而，目前我还在海峡的这头，仍然脚踩着大陆，我必须考虑这最后一晚的露营安全问题。

在码头取票时，我询问工作人员，是否可以在广场边上露营，美丽的礼仪小姐坚定地拒绝了我这个小小要求，没有丝毫的余地。

可我就是想在这里露营过夜啊！

吃过晚饭，我在路边的面包店买了块面包，包里还有在火车上喝剩下的牛奶，都作为第二天吃的早餐。趁着夜色，我骑上心爱的座驾，向码头进发。

思来想去，只有那里才是最安全、最踏实的露营地。

扎营时，保安过来劝阻。我只得来到码头的外围海边，找了一处平坦的地面，拿出帐篷准备撑起内帐。一阵海风吹来，吹来了一阵阵沙子，还吹散了一地的行李物品。

换了几个地方都不合适，我只好求助于在广场上做广告牌的几名工人。四个贵州老乡正在加班加点地焊接、粉刷大型广告牌。广场的中间有一个帆布帐篷，我厚着脸皮走过去，幻想着和他们挤在一起凑合一夜。

帐篷里除了闷热，还拥挤不堪，根本就不能再容下一个人。最年轻的小伙建议我到他们做饭的角落去露营，保安看不到，应该可以。

露营的地方找到了，剩下的就是要洗涮了。

到候船大厅的洗手间里巡视了一圈，三个并排的洗手台，两个被污水堵住。本来洁净的台面因未及时清理而变得肮脏，看了有点让人作呕。只有角落里打扫卫生用的水龙头还可以勉强凑合。

我也不计较那么多，拔下插在水龙头上的塑料水管，屈身用手捧起自来水往身上泼。我心中哼着小曲，双手涂满沐浴露，在身上上下搓动。宽大的卫生间，除了味道不敢恭维之外，还是蛮不错的嘛！

我要的不多，只需一个独立的角落，有水即可！

没有条件，要想办法创造条件！只要思想不滑坡，办法总比困难多。只要用心，一切皆有可能。

第1天　台湾岛上初体验　鹿港镇里换新颜

行程：平潭—台中—鹿港　（骑行39公里）

我想一个人走路，不是任性，也和冒险无关。而是我想重新面对一个人的状态。这是我需要的一个自我修复的过程。我相信我自己可以面对各种人和事情。我要重新找回自己的力量。不再虚弱，不再无助，任何人都帮不上我。只能独自去面对。就算我错了。那么，又有谁敢说，自己的一生没有任何的后悔或遗憾呢。

——张小砚 《走吧，张小砚》

台湾，我来了

早晨醒来，我打死了帐篷里的四只蚊子，可能是昨晚在海边撑起帐篷时风吹进来的。

起来收拾行李物品，装在单车后行李架上。时间还早，已经有乘客前来等候上船了。

七点半开始办理登船手续，候船室在二楼，整个安检、过海关都在这里进行。我不得不把单车行李卸下，打包好，放在行李车上，排队等候。

人们三五成群地聚在一起聊天等候，只有我是一个人，并且还是骑单车的。乘船的人不多，且一部分是旅游团。

过了两次安检，我搬运了两次行李；过海关在大通证上盖了章后，要从二楼来到一楼登船。我吭哧吭哧地分两趟将行李搬下，推着行李车再一次狼狈地来到客轮甲板上。由于行李太大，行李车几乎放不下。我一边推车一边手扶着行李，苦不堪言！

等上船安顿好后，我早已汗流浃背。

船很大，座椅舒适。乘客不足三四成。船舱内居然摆放了许多“老虎机”，死气沉沉。

开船了，我坐稳，长长地吐了一口气。不出意外的话，三个小时后，我将身在海峡的另一边，心情不觉有点忐忑。

阳光明媚，海面风平浪静。由于空座位太多，好多游客纷纷离开自己的座位，来到前舱看风景，有的游客居然脱了鞋子躺在沙发上睡起觉来。

看着窗外蔚蓝蔚蓝的海水，竟然没有波涛，这让我有点失落。

看了一会风景，我躺在靠椅上眯上眼睡一会儿，补充一下体力。

比想象的还要顺利，不到三个小时，已经看到对面台中港码头了。这时广播在播放进入台湾禁止携带的物品，一切海鲜品、肉制品、水果类禁止携带。

下船排队过安检，面对陌生的环境，我小心翼翼，生怕对方看我不顺眼，就打发我回去。

还好，码头工作人员都非常客气、友好。看我是骑单车的，就没有让单车过安检，而是传递给工作人员从旁边推了过去，免去了不必要的麻烦。

安检、过关非常的快速顺利。

我不慌不忙地在里面装好行李，才推着单车走进台中港的候船大厅。

在大厅内停顿了一下，环顾四周，我发现有兑换货币的窗口，还有售卖“池上便当”的档口，可惜我还没有胃口，就不品尝这个著名的快餐了。

犹豫了片刻，我还是决定在码头兑换一点台币，不然，下午骑行途中想买东西、吃便当时没有台币就麻烦了。

等人群散去，我最后一个来到窗口，递上300元人民币，换了近1 400元新台币。

我戴好头盔，问清方向，推车走出大厅，这才真真切切地站到了台湾岛上。

台湾初体验

今天的行程初步定在30多公里以外的鹿港小镇。

第一天骑行之所以到鹿港，除了时间短不想赶路之外，一个重要的原因就是想在鹿港停留一下，好好感受一下这个著名小镇。

中午烈日炎炎，路上没有几个人影，只有身边偶尔驶过的大货车。

在台湾省道上骑行，一开始还真是不习惯。这里路口多，因此红绿灯也就多。我腿上开始发力，车速刚刚提上去，就遇到路口的红灯。起初，我还规规矩矩地停下车，等着红灯变绿，再继续骑行。

这样骑行很辛苦，大腿很快就有了酸痛的感觉。我终于失去了耐心。

空旷的路边时不时有一两个货车厢柜，里面是卖槟榔的，透过玻璃可以看到里面大多坐着妙龄女郎，也就是俗称的“槟榔西施”。

“槟榔西施”是台湾特有的一种职业，指那些穿着暴露、性感的卖槟榔的女郎。“槟榔西施”最早出现在20世纪的90年代末，由于马路边槟

榔摊的主要顾客是卡车司机，在开长途车时要嚼槟榔来提神。一些槟榔商人为了吸引顾客的注意，便聘用年轻漂亮的女孩子穿着极少的衣服来招揽顾客。之后同行纷纷效仿，竞争越演越烈，“西施”们穿得也越来越少，并逐渐从视觉刺激演变为带有色情成分的交易。

没想到第一天到台湾，就见到这传说中的“槟榔西施”。

不多时，前方横跨道路出现一座高架桥，连接着中彰大桥。右转上桥通往彰化，也就是通往鹿港的方向。

在过中彰大桥时，出了点小小的意外。由于刚到台湾，还不适应这里的路标，没有看懂

路牌的标识。看着路牌，按照在大陆的思维理解，我右转准备上匝道过桥。结果只是在桥下骑行，却找不到上桥的路。问过旁边的路人，经过指点后，还是不得要领。路口的另一边有一个警察局。我秉承着“有困难，找警察”的原则，来到警察局的院中。抬头一看，这里居然也叫“派出所”。

大门留着一条缝隙，我拉开推拉门后在门口停了一下，看到一名身穿警服的警察，试探性地询问通往鹿港的路怎么走。台湾警察“叔叔”很热情地请我入内，让我坐下，打开电视，告诉我怎么走，并让我把水壶装满水。

第一次进警察局，我信心大增。对方的态度明确地告诉了我，遇到一切困难都可以进派出所找警察帮忙！接水、喝茶、聊天、休息、借单车修理工具等都可以在派出所得到解决。

顺利通过大桥后，就进入彰化县内。我走街串巷，一路前行。台湾乡镇的房屋大多是三、四层楼房，半旧不新的。道路两侧专门画有机车专用车道，也就是慢车道。在路口处，还有明显的标识。

午后的街道安静祥和，街道不宽，街边的商铺大部分都关着门。

鹿港小镇的前世今生

骑行20多公里后，在一个村镇边终于见到一个小食铺。二话不说，停车吃饭。

小摊位很简单，一个推车挡板后面就是做饭的全部家伙。我也不挑剔，有什么就吃什么。考虑到一会到达鹿港后免不了要品尝当地的小吃，就先点了一碗小份的面（35元新台币）。

此时早已过了吃午饭的点儿，小食铺里空无一人。我在一个圆桌边坐下，面很快就端了上来。我迫不及待地尝了一口，顿时拍案叫绝！与大陆存在着各种食品安全隐患的东西相比，这一碗普普通通的大排档面真可谓鲜美可口。桌上装在瓶子里的辣椒酱，酱汁鲜红，又刺激了我的胃口。我尝试着稍微倒一些辣椒酱在碗里，味蕾马上又多了一个味道。较少辛辣的味道，而更多的是番茄酱的味道。

我心中不禁感慨，同样是小小的一碗面，两岸的味道差距咋那么大呢！

临走时，做饭的台湾大嫂把我的水壶装满水后，非要送我一瓶冰冻的矿泉水。我推托说骑车不能喝冰水，大嫂这才不再勉强我。

临近鹿港，街道渐渐拥挤起来，车声轰鸣，人声鼎沸，我知道鹿港已到。右转进入繁华的大街，两边全是摆卖当地小吃的摊位。我从单车上下来牵车而行。

一手拿着仙草冻，一手牵着单车，我徜徉在热闹的鹿港小镇。这里街道的名称很有意思，什么中山路、中正路、忠义路等，充满着历史与传统文化色彩。

小镇上，天后宫、兴安宫、文祠武庙、地藏王庙依稀可见。埔头街、大有街和瑶林街的红砖道两边，商铺林立。米行、布店、工艺店、

老茶馆等，构成了一道“古市街景观”。

鹿港的发展还是有点来头的。

关于鹿港名字的来历，有几种说法：第一，昔日台湾中部一带多鹿，常有鹿群出没于港口，故名“鹿仔港”；第二，鹿港一带早年为平埔族的巴布萨族盘踞之地，地名为平埔族语rokau-an一语的译音；第三，鹿港昔日是米谷集散地，因用来储存稻谷的方形仓库称为“鹿”而得名。

或许，大陆对鹿港小镇的认识是从罗大佑的歌曲《鹿港小镇》开始的。

“台北不是我的家，我的家乡没有霓虹灯，鹿港的街道鹿港的渔村，妈祖庙里烧香的人们。台北不是我的家，我的家乡没有霓虹灯，鹿港的清晨鹿港的黄昏，徘徊在文明里的人们……”

1982年，罗大佑的第一张专辑中的第一首歌《鹿港小镇》让“鹿港”声名大噪。鹿港曾是台湾文化与商业的港埠重镇，是台湾早期汉文化鼎盛发展的标杆。当文化重地台南府因为港口淤泥沉积而不适合船只往来时，鹿港就取而代之了。因此，在台湾一直流传着“一府二鹿三艋舺”之说。鹿港因水利之便迅速发展起来，然后又因河道淤积而快速没落。正是因为鹿港后来的没落才使古建筑得以保留，延续至今。

为了防止台湾成为海盗及反抗官府之流犯的聚集之地，清康熙年间实行海上禁令，限制大陆船只与渔民来台。很显然，这样的禁令从来都是不得民心的，两地偷偷摸摸私自贩运物资的活动也从未间断过。无奈之下，清廷批允福建官员的奏请在鹿港正式设立港口，加之台南港口因河道淤积，商人转以水深可停泊大船的鹿港为新据点。于是，“一府”时代结束，“二鹿”时代振翅高飞，鹿港迎来了全盛时期。清朝人黄逢昶曾到此一游，写下了“山环海口水中流，番女番婆夜汤舟。打得鹿来归去好，歌喧绝顶月当头”的诗句。

鹿港当年因贸易而迅速发展，往来两岸的商贾渐渐地开始经营这个小镇。由于泉州的移民较多，市街风貌就残留着大陆泉州的风味。因

此，繁华之时的鹿港也貌似“小泉州”。

鹿港老街有“三不见”：不见天、不见地、不见女人。在早期，中山路两边的商铺比邻而建，为了遮风挡雨，也为了运货方便，商家会在橱窗前搭建凉亭，后来越建越多，亭子连续不断，遮蔽了大部分的阳光，“不见天”因此形成。“不见地”的由来是早期鹿港街道多为红砖铺地，人车行走在红砖上，不见泥土。“不见女人”则是因为从前鹿港地区的女人多足不出户，所以就有了“不见女人”之说。

现在的鹿港也有“新三多”：古迹多、小吃多、文人多。

我拐进老街弄巷，红砖的地面，狭窄的街道，两侧建筑高低错落、鳞次栉比。一些旧时的木门上雕刻的图案依稀可见。残留的褪了色的门联、古朴的木门窗棂和生了锈的门环尽显苍凉与古韵。

“假如你先生来自鹿港小镇，请问你是否看见我的爹娘，我家就住在妈祖庙的后面，卖着香火的那家小杂货店；假如你先生来自鹿港小镇，请问你是否看见我的爱人，想当年我离家时她一十八，有一颗善良的心和一卷长发……”鹿港成为台湾文化人心底的一抹淡淡的哀愁。

夜宿文武庙

其实，在闲逛鹿港老街时，我心里一直忐忑不安，不知道晚上的露营地点在哪里。我真不想像在平潭码头那样被保安撵来撵去，没有落脚的地方。

干脆还是找个派出所，让警察来帮我出主意。

在街边打听到了一个派出所，进去坐下后说明来意。警察先生显然没有遇到过这种情况，想了一会，说好像没有适合露营的地方，建议我去住旅店。我说我带了帐篷，没有考虑要住旅店。

我失落地从派出所出来，心想不能就这样放弃露营，还是要找地方咨询一下。

我漫无目的地在游逛，来到了一处带广场的气派建筑旁，到近处一看，是镇公所。嗯，不错，进这个相当于我们大陆的镇政府的地方问问情况。

大厅的正中央是接待处，办公桌后面坐着三个工作人员，与我们大陆大医院看病时的咨询台功能一样。一楼两侧是宽大的办公区域，没有任何的隔板，完全是开放式透明办公。

曾经看过一篇文章，说在台湾到政府机关办事，市民可以随意地进出政府大楼，没有门卫拦阻检查证件，犹如进出一个购物商场，可以在那里喝咖啡，并且很容易见到政府大员。对于这样的场景描述，我吃惊不小。

据说，早在陈水扁担任台北市长的时候，推行“与民有约”活动，市长和各部门负责人定期到一楼大厅倾听市民诉求，每周都安排不同的单位与民众接触，需要申诉或解决问题的民众按号码排队，由官方负责人现场解答或解决问题。此举很受市民欢迎，也为民进党争得了许多选票；再后来，民众可直接登门反映情况。如今，“与民有约”之类的活动都停止了，因为行政透明度已经足够，所有工作都已经法制化和制度化了，普通民众的申诉渠道也已经很多了。

现在来到这个镇公所的办公场所，亲眼所见，我相信了。这里的办事柜台很低，低至书桌的高度，以避免让民众产生一种公务人员高高在上的错觉。

有时候，从小处才能真正认识一个地方。

工作人员很热情，请我坐下，让我喝水，问我情况。

我们就像一家人一样聊天，聊我的环岛骑行，以及大陆情况，后来我才说明来意。其中一位中年女性告诉我，可以去鹿港的文武庙露营，那里还可以洗漱，只是早上晨练的民众会很早过去。我心中大喜，预感露营有着落了。

我先骑车找到文武庙看了看环境，感觉不错，然后才不慌不忙地去吃晚饭。

鹿港文武庙包括文祠、武庙、文开书院三个庙宇，是鹿港诗学发源地，也是读书人获得精神信仰的地方。院落内古树参天，中间有一个半池。古时书院招收学徒，绕半池三圈，学生若捡芹菜三片，即收为学徒在池边种芹菜。因为芹与勤同音，代表勤奋、勤学。

傍晚时分，我重新来到文武庙，挑选了离洗手间最近的一棵大树，卸下行李，取出帐篷，便开始搭。期间，路人好奇地过来张望，询问几句。一位母亲带着女儿来散步，也走过来给我帮忙。后来她们又回来给我带了两个包子让我补充体力。

晚上，一位大腹便便的中年男子过来和我聊天，知道我来自大陆，老家河南，他就开始和我侃侃而谈，谈他早年在大陆做生意时遇到的种种遭遇，被河南地方官员骗去了好多钱，后来转战广东，现在在福建做生意，常常来往于两岸之间。再后来谈及鹿港的文化，说我很有眼光，

在鹿港这个地方停留，并找到文武庙这个地方露营。期间时不时有人过来打招呼，很是友好！

夜晚，微风乍起，凉意渐渐降临。四周已经没有了游人，我钻进帐篷，却感觉到里面的闷热。为了不让外人看到里面的情景，我还将帐篷的外层搭上，结果却密不通风。

我尽量让自己平静下来赶快入睡，躺在防潮垫上，大汗淋漓。无奈之下只好钻出帐篷，重新来到旁边的厕所，脱了衣服，打开水龙头，再来一次沐浴。

刚从厕所出来，光着膀子，帐篷外有人等我。居然有人在等我！

一对夫妻带着自己的三个儿女，刚才散步时看到了我和我的帐篷。现在他们准备回家睡觉，顺便在街边买了早餐给我带来，让我补充能量。真是令人感动啊！

第2天　台胞交谈酣畅欢　雾锁清境危机理

行程：鹿港—清境农场（骑行110公里）

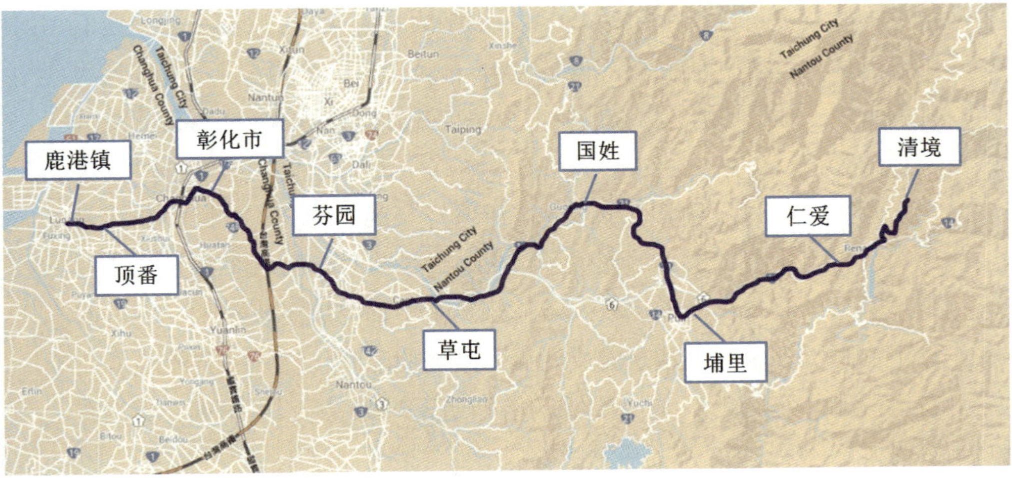

一个人不可怕，怕的是迷失。孤单可以习惯，空虚不能习惯，可以两手空空回家，但不能带着空虚的灵魂……旅行是寻找不到答案的，它只会让你多了选择，甚至更加迷茫，但完全值得。

——孙东纯《迟到的间隔年》

文武庙的清晨

早晨被文武庙晨练的人声和音乐声吵醒。翻身看了一下手表，还不到五点。做运动的鹿港民众还真不少，都是中年以上的人群。有在气功师的带领下练气功的，有在庙宇前一字排开打太极拳的，还有围着院落散步的。

其实，我们都知道“早睡早起身体好”这个道理。可惜，在“亚历山大”（压力山大）的现代都市里，为了生计，有几个年轻人能做到早睡又早起？夜晚加班或疲于应酬，个个都熬成了夜猫子，不过零点不去睡觉。有的人甚至养成了黑白颠倒的睡眠作息，一到夜晚就亢奋，一到白天就疲惫，典型的拿青春赌明天，到最后没了青春，更没有了明天！

前阵子，微博大V李开复拐着弯向我们透露，他已身患癌症，并透露自己当年和别人暗中较劲，看谁工作勤奋。结果，身体却吃不消了。

尽管我还想再睡一会，但我还是必须起来收拾行囊。没办法，今天要向中央山脉进发，目的地是中央山脉上的清境农场。

清境农场是后来才决定要骑行到达的一个地方。那里处于高山之上，风景秀美，海拔接近2 000米，对骑行者来说是一种挑战。这次环岛骑行，如果只是沿着海岸线骑行，似乎缺少了一些难度。所以，我决定先去清境农场，再去日月潭、阿里山。

我知道，从靠近西海岸的鹿港小镇骑行到清境农场，路程超过100

公里，关键是海拔还要上升到近2 000米。还要考虑到没有导航，台湾道路狭窄、城镇人流多、红绿灯多，骑行起来会很疲惫。

埔里午间茶话

我坐在文武庙里的石凳上，看着晨练的人们，吃着昨晚鹿港好心人送来的早餐，想着未知的路程。

迎着清爽的晨风我抖擞精神，跨上“铁马”上路了。

由于路口太多，一路走走停停。

台湾地区，低等级的公路上都会开辟专门的机车道，单车可以在机车专用道上骑行。机车或单车是禁止在十字路口直接左转的。你必须分两步才能够完成左转，就像行人在斑马线上先直行过马路，再左转过马路一样。这样，既不影响路口行车的顺畅，又确保了安全。

路上看到了一些骑脚踏车的高中学生，他们暑假期间要去学校补习功课。这一点似乎和大陆的情况相同。真是文化脉络一致，连教育考试制度都是一样的啊！

尽管没有导航，依靠坚持不懈地问路，一路还算顺利。

中途还专门进了一次派出所，接水、上厕所、喝茶和跟台湾警察聊天。这个警察和我同龄，貌似见多识广。他和我侃侃而谈两岸的政治制度、经贸往来。我也不甘示弱，发表了我对两岸关系的看法与期望。谈话在轻松友好的气氛中进行，要不是我还要赶路，真想和他共进午餐。

按照预定的计划，我在中午时分赶到了埔里吃午餐。在到达埔里之前还是出现了一点小小的意外。

我一路留意路牌的指引，过彰化、芬园、草屯、国姓，眼看着埔里就在前方，谁知阴差阳错我看着路牌，拐上了高速路。无遮无挡的高速路上，偶有车辆驶过，我汗流浃背、气喘吁吁。当意识到走错路时，我已处在没有退路的高架桥上。没有办法，只有往前骑，遇到下一个出口再退出高速路。

我在心中默默为自己找理由。其实，责任并不全在我身上。谁让台湾不像大陆那样在高速路口上设立收费口，那样我就乖乖地避开高速路了。

还好，在高速路上骑行了半个多小时就看到出口，指向埔里。我毫不犹豫地拐了下来。我还要进埔里吃午饭呢。

远远地看到路边有悬挂大红纸灯笼的小饭馆，我就停车走了进去。

一个中年男人和三个大姑娘在忙碌着。没有汤面可吃，我只好点了一份拌面，30元新台币，汤和凉茶免费。

三下五除二一碗拌面落入肚囊之中。我还是以问路为话题，开始和老板聊起家常。老板得知我刚从高速路上下来，就半开玩笑地说道："怎么没有警察看到你，把你带走啊?"

"是啊，我还一直纳闷，高速路为什么没有收费关卡呢?"

中年大叔继续逗我玩："如果有警察查你证件，你可以试试把证件都藏起来，看警察能把你怎么样?"

我想了想，就告诉他："我就很可能会被当成黑户偷渡客给抓起来。然后关上一段时间之后，查明真实身份，就遣送回大陆。或许还要被判罚一大笔令我心痛的钱。我还很有可能就因此留下案底，在若干年内不得再进入台湾。"好像结果就是这个样子的。

中年大叔好像打开了话匣子，继续问我的职业、为什么骑行台湾，我都一一如实告之。

"她们三个是姐妹?"我指着正在忙碌着的三个姑娘，问道。

"是啊，都是我的女儿。"

"在上学吗？暑假帮你打理饭馆?"

"两个已经大学毕业了。不好找工作，就在家帮我忙。"老板透着一脸的无奈。

是啊，现在全球经济都不景气。骄傲自大的美国把自己国内的经济搞坏了，却要让其他国家和地区陪着来买单。

午饭时，我喝了好几碗汤还有满满的一壶凉茶，感觉很对不住老板这区区30元的饭钱。临走时，就送给他们父女四人一人一张明信片，略表谢意！

这次来台湾，我也算做好了大量的准备工作，其中一项就是在淘宝网上定制了独一无二的台湾风情的明信片，打算到台湾陆续给好友、同事寄去祝福。

向着中央山脉进发

不能再多停留，我必须再次出发。因为我知道，下午的爬坡路程才是真正的考验。

出埔里镇不多久，来到台湾地理中心，留照纪念。这里好像是个开放性公园，环境优雅，可惜没有时间停留去游览一下。

下午的骑行很快就开始上坡路段了。我调好变速，以不紧不慢的速度爬坡。对于上坡，拼的是耐力而非速度。对于连续长途骑行来说，每天既要到达既定的目的地，又要很好地保存体力，因为路漫漫其修远兮。

很快，一壶水就被我喝完了。对于水的补给，我一点都不担心，因为补充水的地方太多了。

下午的骑行明显艰难了许多，山路开始弯弯曲曲。骑行衣贴在身上，湿了又干，干了又湿。

中间路过一处“人止关”，人烟稀少。这里是台湾原住民居住的地方，是电影《赛德克·巴莱》故事的发生地。当年日军侵略台湾之时，原住民英雄莫那·鲁道带领部落居民依据险要的地势进行了顽强抵抗。

再后来，蒋介石在大陆兵败退守台湾，跟随他一起逃往台湾的退伍军人时常到这里和原住民发生争斗。为了平息原住民与大陆来的军民之间的争斗，蒋介石一纸令下，在此划出禁区，禁止大陆来的军民再往前进入原住民的家园。“人止关”因此而得名。

我驻足停留了一会，仔细地观察了周边的地势以及刻在石碑上的图片和文字，以表对台湾原住民的敬仰。

山路越来越陡，我已经是以最小的变速在骑行。无奈体力消耗过大，加之行李太重，我以强弩之末的余力去挑战今日最艰辛的路段。有些转弯之处，坡度非但没有变缓，反而变本加厉地更加陡峭，我只感觉大腿发痛、两腿发软，只得下车喘着粗气晃晃悠悠地推车前进。

从埔里到清境农场，30公里左右的路程，海拔却从450米上升到了近2 000米。可想而知，坡度有多么的陡。

清境农场，位于台湾的中央山脉，海拔1 800到2 000米，被称为“小瑞士”。当年大陆解放后，李弥率领的残部退到缅甸，伺机反攻大陆。后来反攻无望，一部分部队返回台湾，他们是最后一批退守台湾的部队。这些人到台湾后，蒋介石给他们安排了两个地方，一个是桃园龙潭，一个就是清境农场。当时李弥部队里有很多云南人，所以适合在高海拔的山里生活，而清境农场怎么看都像是云南。所以这里形成了一个小圈子，从饮食习惯到说话方式，到处都有云南的影子。

雾锁清境

下午四点左右，我终于来到距离清境农场还有10公里左右的雾社乡，繁华的小镇人来人往，这里是最后一个补给点了。

我已经筋疲力尽，决定在这里补充体力并打算采购点食品，以备晚上之需。

找了一家小饭店进去吃点东西，休息一下。正当老板娘给我煮面的工夫，我浑身发冷，不停地颤抖，额头、双臂不停地冒虚汗。

我心头一惊，担心体力透支过度会引起发烧。这种情况曾经在骑行青藏线时出现过，我不敢大意。于是，赶紧打开腰包，找出西洋参，啃下一块就在嘴里嚼了起来。

加了鸡蛋的热气腾腾的面很快端了上来。我虚弱地拿起筷子，右手有点颤抖，不听使唤。我赶紧趁热吃下肚里，只为驱散身体内的寒气。

一碗面下肚，胃居然没有感觉，看来是饿狠了。我索性让老板娘再下一碗面，并烫了一份青菜，放开肚皮吃了起来。

渐渐地，体力才有所恢复。老板娘关切地询问我的状况，叮嘱我一会骑车时，不要勉强自己。

我错误地低估了后面这10公里的路况。

一条大河从山涧奔流而下。狭窄的路一直蜿蜒到看不到顶的山头，坡度有增无减。天空中早已没有了太阳，山上的雾气也很快弥漫下来，寒意袭人。

路，艰难的路，就在脚下，可我却无法酣畅淋漓地去征服。

我骑一段，下车推一段，或者停下来，只有喘气的份儿。

天色渐渐暗了下来，大雾弥漫，可见度不足10米，开着防雾灯的车

辆呼啸着擦身而过。单车上的“青蛙灯”也不知什么原因没有了光亮。我突然有点恐惧，感觉危险从四周向我包围过来。

周围白茫茫一片，模糊的视线触及的山崖冰冷中透着咄咄逼人的寒意。我感到周围危机四伏、杀气腾腾。

我突然意识到我还没有考虑好落脚的地方。虽然目的地是清境农场，可当地人说，这里已经属于清境农场了。

我有点迷茫，不知今晚究竟要骑行到哪里。

路边有些饭店，我开始询问是否可以在饭店四周空旷的地方搭帐篷。对方以安全为理由一一拒绝了我。

前路迷茫，昏暗的夜色中我感到无力和无助。

我停下来休息，让混乱的大脑清醒一下。

想起了刚才吃饭时，饭店老板娘说过的话，不要勉强自己。是啊，出来骑行，安全至上。现在体力不行，向上骑行困难重重，为何不返回下行，去寻找露营的地方。刚才路过时，好像有几个地方是很空旷的，适合露营。

问题迎刃而解，我要抓紧时间，调转车头，在天完全黑下来之前一定要找到露营地。

第3天　埔里酒香校园秀　日月潭美绿道幽

行程：清境农场—日月潭（骑行73公里）

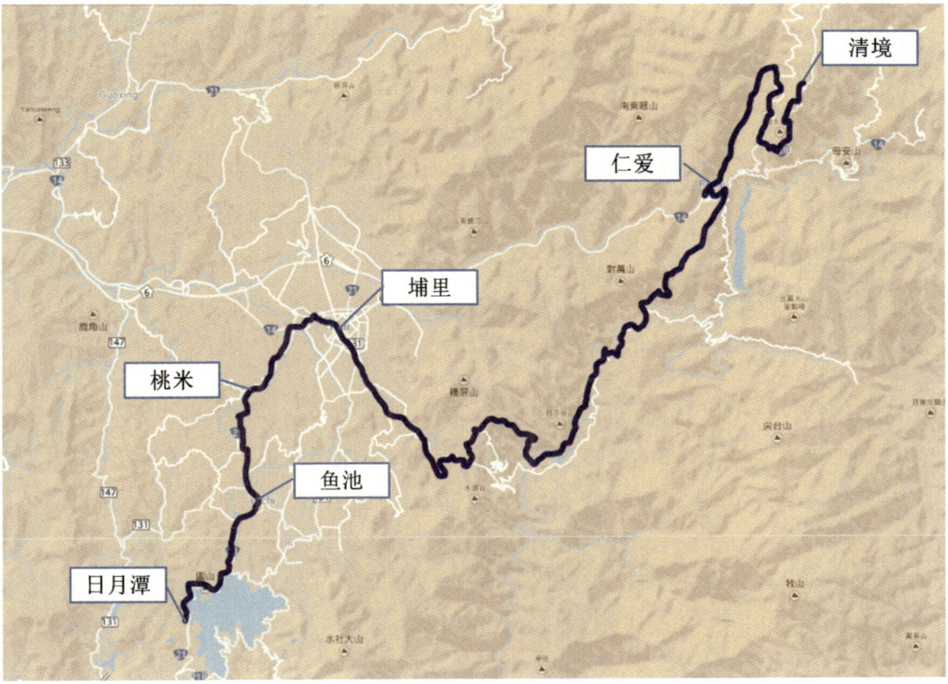

我对旅行的渴望来自于内心的自我压迫。这既是少年时代就开始的对外面世界的向往，也有成长过程中出现的心理问题。两方面综合一体，有绝望来自希望，痛苦中又萌发抵抗，相互冲突又相互支持。我的内心就在这两个对立面的缠绕之下，艰难前进。直到中年，通过极限旅行的方式，我彻底打破了这种束缚，给自己带来真正意义的改变。

——刘文《单车上路》

话别清境农场

昨晚露营的地方是在下撤了3公里左右的一处茶庄。据后来几天我的观察，台湾中央山脉许多茶场从收购、加工到销售大多数是个体一条龙服务。

这个茶庄门前空旷的水泥地面上停了两辆机动车，另一边就是峡谷。

征得主人的同意后，我卸下行李，开始搭帐篷。此时，大雾从峡谷中弥漫过来，迅速移动。白茫茫的雾霭一团团地前呼后拥，在峡谷中翻滚升腾。我突然想，是不是可以这样认为：高山茶好喝的一个主要原因就是温差大、雾气多。

早晨起床后，悄悄收拾行李，本不想打扰主人。老主人却走了出来，热情地和我打招呼、攀谈。我表示谢意后，骑上单车下行去日月潭。

昨日上坡如逆水行

舟，今日下坡如水库开闸，一泻千里！

我心中感慨，昨天费了九牛二虎之力和半天的时间才完成的距离，如今不到1个小时就结束了。从物理学角度解释，可以认为是势能转化为了动能。

酒香不怕巷子深

重新来到埔里镇，寻找埔里酒厂。

关于埔里酒厂，我也是从别的地方看到的。这还要源于电影《海角七号》里的场景。电影里面有一个勤奋、坚持不懈的酒厂销售员卖力地推销“马拉桑”白酒。据说现实中的这个白酒就是出自埔里酒厂。

埔里小镇出名的有四“W”：美酒（wine）、水（water）、气候（weather）、美女（woman）。这个群山环绕的小镇，气候温良，冬不严寒，夏无酷暑，拥有天然优美静雅的环境。优质的泉水促进了当地酿酒业的发展。

埔里街道上有埔里酒厂的指示牌，我顺利地找到酒厂。

也许是名声越来越大，为了接待游客，也为了更好地销售，酒厂专门开辟了一个供游人参观的酒品市场。

停车场停满了高大的旅游大巴，我将单车推入单车棚，锁好车，进去参观。

我对白酒没什么研究，更少喝酒。似乎这里的白酒与大陆绍兴酒有着千丝万缕的联系。尽管几乎不喝白酒，但我对低度白酒还是不会拒绝的。

来到一个摊位前，品尝了一口低度绍兴米酒。以我脆弱的肠胃的接

受能力，感觉刚好。可惜我不能购买，我还要驰骋上千公里路，没法携带。

我东瞅瞅西看看，不时品尝一下诱人的甜品和小吃。

此地不可久留，我巡视了一圈后再度飞身上车。骑出埔里镇，沿着公路旁的指示牌，我向日月潭进发。

台湾有个暨南大学

出了镇口，又是上坡。

我抖擞精神，挺直了腰杆，腿上暗暗发力。

拐过一个弯，突然看到路边有“国立暨南国际大学”的标识。广州有一个暨南大学，我是非常熟悉的。而台湾这里也出现了一个暨南大学，莫非是当年国民党逃离大陆、退守台湾时重新建立的学校？

我顿时心血来潮，决定进去看看。

“国立暨南国际大学”是建立在一处山顶上，从公路骑行到校门口，要沿着坡度极大的盘山公路才可以到达。此强度绝不亚于昨天最后攀爬清境农场的坡度。还好，这次是早上，我的体力还没有消耗多少。

在校门口停车拍照，问过门口保卫后顺利地骑了进去。

此时，台湾地区的高校也在放暑假，校园里没有几个人影，我沿着校道慢悠悠地骑着，不慌不忙。透过大片草地上的树缝，隐约看到一些红墙白瓦的建筑物。

我始终认为，一所大学之所以可以称为大学，除了校园大以外，还必须有足够的空间。这个空间是没有建筑物占据的空间，空旷的草地、茂盛的树林、幽幽的湖水等，这些可以给人遐想、给人发呆、给人启发，进而给人思想、给人灵感……

我感慨万分，这里的校园那么幽静和孤立，独居山顶一隅，虽处路边，却也仿佛世外桃源一般。反观大陆的高校，凡是有名望的学校，个个身处闹市之中，以当地城市的经济发展为依托，像个暴发户一样迅速蹿红。即使是为了扩大招生规模，一些地方纷纷在偏僻的远郊建立大学城，但急功近利的短视和无孔不入的商机，迅速地将本是一方读书净土的校园打造成为另一片喧嚣热闹的天地。

而那些真正处在经济一般的城市的大学，由于财政原因，个个没落、衰败。我当年就读的河南大学，由于地处开封，经济发展后劲不足，从当年国民政府时期的十大名校一路走下坡路，现在沦落为一般大学。与此形成鲜明对比的另一所学校——郑州大学，由于地处河南省会，借助强有力的城市发展引擎，跻身河南这个高考大省唯一的“211”学校，将昔日的老大哥河南大学远远地抛在了身后。

路上遇到一位同学，询问了一下才知道，这个暨南大学不仅面向全台湾地区招生，还面向东南亚等国家招生，是个名副其实的国际学校。这一点和大陆的暨南大学颇为相同。

畅游了一个多小时，粗略地领略了这个国际学校的风采后，我才离开这个美丽的校园。

接近中午时分，我看到路边有一个陶瓷工艺作坊，屋外摆满了土坯陶艺，一位上了岁数的艺人正在埋头打磨。我停车休息，准备拍几张照片。

老艺人见有人拿着相机走来，礼貌地谢绝拍照。我收起相机，走上前和他攀谈起来。老人询问大陆的经济情况，感慨大陆的发展势头，抱怨台湾的物价飞涨、经济不景气，他的这个手工作坊也日益衰败。老艺人还谈到了他在台北工作的儿子，每天辛苦地工作，经常加班，工资也才几万新台币。我也随声附和，将此归咎于全球性的经济低潮。

闲骑日月潭

在路边饭馆吃过午饭后，很快就来到日月潭。

我正在骑行中，发现前方横着有一个分叉路口，阻挡了视线。骑行到路口前右拐，透过树的空隙，我猛然看到一个大大的湖潭静静地躲藏在树林之后。远处俊秀的群山环绕着这一湾潭水。

在没有任何征兆的情况下看到她，那一瞬间，我怦然心动。从小学课本里我们很早就知道，宝岛台湾有一个美丽的日月潭。从某种意义上来说，在我的心目中，日月潭就是台湾。

日月潭早年只是一个小湖泊。日据时期，日本人为了开发当地水力发电，在日月潭的两侧筑起了堤坝，引仁爱乡浊水溪的溪水，经过地下水道进入日月潭。大量的水源，淹没了众多小山丘，形成了今日碧波荡漾的绝美景色。

日月潭以拉鲁岛为界，北半部形如日轮，南半部形如月钩，因而得名。

日月潭是台湾最大的天然淡水湖，风姿绰约，可与杭州西湖媲美。日月潭的美在于湖面辽阔，潭水清澈，环湖重峦叠嶂，风景秀丽。

关于日月潭有个美丽的传说。相传三百年前，当地的高山族人集体出猎，发现了一只体型巨大的白鹿蹿向西北。他们追了三天三夜，白鹿在高山密林中失去了踪影。高山族人又在山中搜了三天三夜。第四天，他们越过山林，只见千山万岭和翠绿森林围拥着一潭澄碧的湖水，水中的圆形小岛把大湖分为两半。高山族人见这里水土肥沃，森林茂密，便迁居此地。于是这里成为邵族人的聚居地。

来到湖边，我沿着环潭公路逆时针而行。

日月潭的水域由山峦环绕，层层相夹，处处皆景。满载游客的游船拖着长长的波纹驶向湖中小岛。湖中小岛像是一颗明珠，镶嵌在湖水中。

日月潭景区专门开辟了环潭公路，专供游人踩着脚踏车游览，有点类似我们大陆修建的绿道。

我将变速调至小档，晃晃悠悠地边骑边看风景。我随性地骑着，没有目的，也不赶时间，随时停下来欣赏风景。潭边凡是风景好的地方，都有解说牌和休息区。

车轮滚滚，小径弯弯。假期骑行以来，第一次没有赶路的压力，没有暴雨的肆虐，这么从容地闲逛在美景之中。

我不断地流连于吊桥、栈道与美景之间，捕捉一幕幕人文与自然景观的和谐之美。

傍晚时分，我来到游客中心，环潭公路边有一处美利达车行。老板见我如此装备，就主动招呼。旁边有几个台湾青年正在还单车，也一起上来攀谈。听说我来自大陆，一位戴眼镜的小伙子询问我是否骑过丝绸之路。我告诉他几年前我就骑过。他立刻有了兴趣，进一步询问丝路上的种种情况。原来他准备明年去大陆骑行丝绸之路，正在担心丝路戈壁滩上没有补给。我也就热情地介绍了丝路上的情况，告诉他没有什么可怕的地方，并欢迎他去大陆骑行。

胖墩墩的老板询问我的环台计划。我告诉他我将前往阿里山，从阿里山再去高雄、垦丁，沿东部沿海公路到台北。老板立刻一副吃惊的表情，连声说道不nice。

我拿出从大陆带去的台湾地图，就在店门前的地上铺展开来。我们席地而坐，老板告诉我说，如果从阿里山向南直接骑到高雄，将会是非常的艰辛和危险。因为阿里山山区夏季的午后每天必定有一场暴雨。老板建议我调整线路，从阿里山向西骑行，先去台南，再过高雄，这样就比较安全。

我当初计划骑行台湾时，主要是考虑到15天的期限，想尽量骑完全程；加上对台湾地形、路况、气候的不了解，所以就想当然地以最短的距离完成从阿里山到高雄的行程。

我在心中暗暗盘算，听起来他的建议似乎有点道理。我也就以安全第一的理由，采纳了他的这个建议。

最后离开时，老板建议我晚上到旁边的“国小”露营。还真是这个建议，解决了我之后露营的大问题。

首宿台湾小学

我骑车拐进一个僻静的胡同，尽头是敞开着校门的“国小”，仿佛在迎接我这个大陆游客的到来。

校园静悄悄，门口没有门卫，随便什么人都可以顺畅地出入，没有任何阻拦。这一点很令我惊讶。要是放在大陆任何一座城市的任何一所学校，放假期间，冰冷的铁门必将校园与外界隔开，门口还要再留守一个不讲情面、恪尽职守的看门老人或者保安，禁止一切闲杂人员进入。

“国小”坐落在“明潭国中”校园内。正对校门的是操场，杂草丛生，看样子放假有些时候了，几个妇女正在围着操场散步，校园一角有几个中年人正在热火朝天地打篮球。

我将单车停在篮球场边，走上前去，礼貌地询问这里是否有门卫，我想在此露营。

此时，我尽量露出疲惫的表情来唤起对方的同情，进而获得露营的机会。最初我以为他们都是这个学校的老师，因为凭借我在大陆有限的生活经验，只有这个学校的老师才有资格使用这个学校的体育设施，而其他人等绝不可进入校园，以防损坏校园公物。

对方告诉我，他们不是这个学校的老师，门卫现在也已经回家了。至于露营，对方告诉我，应该没什么问题。

我心中暗喜，能在校园里露营是再好不过的了。

于是，我将单车推到篮球场的另一端，在篮架下面准备扎帐篷。

很快，我发现一个很现实的问题：地板太烫。水泥地面经过一天的高温暴晒，此时地表温度还很高。我可不想晚上躺在这里，像烤鱼片一样。

搭帐篷的双手慢了下来，我抬头举目四望，寻找校园里是否还有更加合适的角落供我选择。

发现另一个角落有一个像礼堂的建筑物之后，我站起身来走了过去，具体情况还要先去实地考察考察。

我惊喜地发现，那个远看像礼堂的地方是一个风雨球场，高高的顶棚，四面没有围墙，其中两面与教学楼和居民楼相邻，倒也可以避风挡雨。入口处有一个告示牌，上面密密麻麻地写着小小的繁体字。其中一条是禁止在此处露营。呵呵，假期是否可以排除在外？

我在此扎营，想必友好的台湾同胞不会怪我的吧。

打定主意，我将单车骑了回来，再次卸下行李，开始安营。这个时候，天色已经暗了下来，我要尽快赶在天黑前将帐篷扎好。

一个妇女领着自己的小女儿坐在旁边饶有兴趣地看着我忙碌，我们一问一答地聊起天来。

旁边教学楼一楼就有厕所，门口就是洗手池。晚上洗衣服、洗澡的问题都解决了，我相当满意。

一切安顿好后，我心中感慨万分。台湾地区的校园是免费对外开放的，最起码在放假期间，一切人员都可以进出校园，使用体育设备。学校从来没有说以安全的名义或借口，拒绝校外人员进入校园。

学校作为教育之地，办学经费取之于社会，完全有义务服务社会，为社会民众提供体育健身的条件。至于校园安全问题，与民众的整体素质、社区环境、居民幸福指数等都有关系。那些真正的少数有破坏倾向的人员，要不是没有工作、游手好闲的问题青年，要不就是生活没有保障、得不到社会救助的老人。这些人员即使不对读书少年痛下毒手，也会在社会上播下“仇恨”的种子。这是社会问题，是所有国家都要面对并必须解决的大问题。美国总以“道德楷模、民主典范”自居，其校园每年都会出现一些大大小小的暴力事件，甚至枪击案件都不乏见。

对社区民众开放校园的态度，同样都是学校，两岸的差距却是这么的大啊！

夜幕降临后的日月潭回归了宁静，我坐在潭边，喝着台湾啤酒，欣赏着日月潭的夜景。对岸灯火通明处想必是伊达邵码头吧，晚上好像有演出。潭中一片宁静，没有了白天的熙熙攘攘。天空在灯光的映照下显得特别明亮，只有几颗星星能盖过背景灯光闪耀着光芒。

微风习习，清凉惬意，啤酒的热力正好抵消了我身上的一丝凉意。

第4天　饥寒交迫雨雾中　混吃混睡工地里

行程：日月潭—玉山工地（骑行78公里）

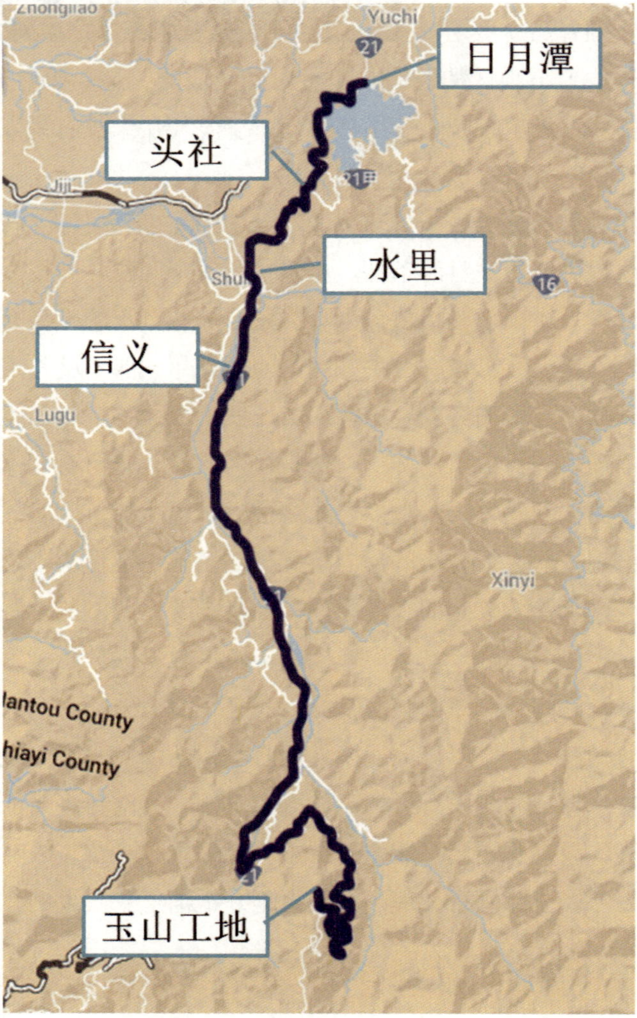

我了解，旅途本身不会再重复，重复的只是我对它无尽的想象，还有那曾遭受旅途影响而已然诞生在我生命里的意义……我其实并不比任何一个人多了什么样的勇敢和坚强。若真有人从这本书中得到了一点启示与感动，那绝对是他们对生命毫不吝惜地投注了悲欣痛喜，不甘让想望只停留在后悔的阴影里叹息。

——谢旺林 《转山》

挥别日月潭

天一亮，我悄悄地收拾好行囊。此刻的日月潭静如处子，掩映在湖光山色中，浮沉在水汽氤氲间，融化在满目苍翠里。

沿着日月潭骑行一段，我挥一挥手，不带走一片云彩！

今天要努力向阿里山进发。昨天美利达老板向我介绍了一些阿里山的知识和路况，面对崇山峻岭、路途艰险的阿里山，我越发没有底气，但我别无选择！

当初拒绝与别人同行，将自己置身于独行的境地，内心就是刻意要制造出这种无路可退的地步，逆境而行，看看自己能够撑多久！想想计划骑行台湾15天，这才第四天。我无路可逃，即使路再艰辛，我也要前行，自己的选择自己承担！

从日月潭到阿里山，从地图上看，会路过一座叫玉山的大山，听其名，就知道那是优美的地方。据说玉山风景秀美，只是人烟罕至，游人稀少，貌似进山要提前申请。我没有攀登玉山的打算，能顺道粗略地欣赏玉山的沿途风光就很欣慰了。

空着肚子，风清气爽，我沿着山路在树林中穿行。

这两天的骑行，让我感觉空腹先骑行一段之后再吃早餐也是不错的选择。路上，不用担心没有早餐吃，经过任何一个村镇都可以找到售卖

早餐的饭馆。

早餐对我来说至关重要，这关乎着我一个上午的骑行状态和体力的维持。既要吃得有营养，又要使肠胃舒服。对于吃惯了面食的我来说，包子、豆浆是我的最爱。早餐点上几个包子、馒头，吃不完还可以打包带走，路上随时就可以补充能量。豆浆是一定要喝足的，以保证体内水分的供应。

台湾地区的传统早餐多为中式，主要就是包子、豆浆、馒头，正对我的胃口。店面和大陆没有太大区别，食物绝对卫生，保质保量。肉包子皮软肉香、豆浆纯正爽口。通常情况下，为了多补充水分，豆浆我都要喝两份。

阿里山脚下有一个村镇，我选择了一家早餐店，停车进去。动作麻利的女老板和俊秀的姑娘在柜台后忙碌着。

当我向早餐店女老板要第三份豆浆时，女老板端来豆浆却不收这份的钱，说这份免费送给我。我立刻在内心感激了她一把。

吃早餐时，隔壁一位在地（闽南语，“当地”的意思）的老人告诉我，阿里山的山路部分路段有可能封闭了。因为前段时间雨水把一些路段冲坏，经过抢修后不知是否能够全天候通车。为了安全起见，一些险要路段有可能在夜晚时封闭。

走的时候，老人家让我留意一下当地路况的通告。我心想，我人生地不熟的，又没有通信工具，去哪打听啊，只能路过派出所时进去让警察“叔叔”帮我打电话咨询吧。

飞驰中央山脉

再次上路时，我精神焕发，迎着早上八九点钟的太阳飞驰在中央山脉间。

最初的路面起伏不大，我全力以赴，想尽量在上午多骑一段路程。

中央山脉以魁伟的身躯横亘在台湾岛中央，河流在峡谷间穿行，碎石裸露在宽广的河床上。不知是环境破坏的缘故还是雨水少的缘故，狭窄的溪流流经宽阔的河谷，两岸白花花的山石裸露在阳光下。河床上的碎石白茫茫一片，分外刺眼。

台湾省道沿着山脉依势而建，有些险要路段需要修建高架桥。深入中央山脉，可以陆续看到路边的台湾原住民部落的塑像。

天气炎热，我加快脚力，汗水很快湿透了骑行上衣。

对于车手来说，最佳的骑行路况是下坡，其次平路，最不愿意看到的是上坡，并且是

连续的大上坡。最佳的天气是阴天微风，其次小雨，再次晴天，最令人崩溃的是大雨。我顶着烈日开始爬坡，心里诅咒着路况和天气。中途在派出所接的饮用水也所剩不多，而前路还漫漫其修远兮。

随着海拔的上升，可以从高处看到峡谷间坐落的部落村庄，零星地点缀在绿色山谷中。

路上根本就没有人影，也少有车辆驶过，我埋头骑行看着自己孤独的影子，双腿麻木、头脑空白。此时的我才体会到真正的肉体与灵魂的孤独。

一个人骑行的滋味不好受，我别无抱怨。体力的疲惫还可以忍受，但内心的孤独却没有人可以倾诉。路是自己选择的，没人强迫。面对困难，只有一个人去扛。我知道，一个人骑行的前几天至关重要，如果挺过前五天，后面的艰辛和孤独就会因习惯而渐渐被淡忘。

我在心中默默鼓励自己，盼望着中午吃饭地点的到来。

好山·好水·好绿茶

午饭的餐馆依山临谷而建，地点绝佳。

站在屋旁，远处是峡谷中郁郁葱葱的茶树和点缀在半山腰上原住民部落的房屋。餐馆门口摆放着一筐筐硕大的黄瓜。我正口渴得厉害，便挑拣了几根幼小的黄瓜生吃解渴。

这家餐馆，兼卖茶叶和农副产品。宽大的餐厅里还没有顾客光临，女主人的两个小孩正在看电视。电视新闻上正在播放着刚刚发生的台湾地区军方虐待士兵致死事件的民众抗议当局的画面，场面群情激昂，声势浩大，乱哄哄的。这种场景在大陆的电视播报中早已见过，实在是见怪不怪了。

在等待时，女主人过来和我聊天。

“骑行热不热？”

“还好吧，习惯了！”

“这几天高温，阿里山很少有这样的高温！”

“是不是要来台风啊？”我随口应和着。

“是啊，台风要来了。”

这一点我是有心理准备的。夏季来台湾骑行，不可能不遇到台风的袭击。我只能祈望台风来得不要太猛烈。

吃完午餐，正午时分，正是一天当中气温最高的时候。我懒得骑行，就打算在此稍作停留，休息休息。

女主人邀请我到饮茶区就座，拿出水壶烧水，准备让我品尝一下自家产的阿里山高山茶。我心想如果确实不错，就买些自己品尝。于是也就心安理得地坐了下来。

正忙着冲茶时，饭店里来了一拨客人，女主人起身过去招待，小男孩过来娴熟地为我冲茶、斟茶。随着碧绿色的茶水流入杯中，怡人的清香扑鼻而来。我端起茶杯，小口吸吮着，让绿色的液体缓慢地流入体内。

真是好山、好水、好茶啊！

上帝的另一扇窗

再次上路，路途依然艰辛，我依然孤独一人。沿途中，已经可以看到路边标有玉山的路牌了。

不知什么时候天暗了下来，太阳早已不见踪影，雾气也悄然降临。往上骑行，我已经嗅到了空气中潮湿的味道。

伴随着从山谷间刮来的凉风，雨点开始纷纷降落。我赶紧停车拿出

雨衣穿上。为了便于雨中骑行，我依然穿着短裤。

我完全低估了雨势。雨越下越大，一会的工夫，我已经内外湿透。没有办法，我只好躲进一处半边通气的涵洞中，喘息一下。

望着茫茫的雨雾，我的脑中也是白茫茫一片，如同进了水一般。被雨水淋湿的身体开始瑟瑟发抖。偶尔有路过的车辆，开着前灯，呼啸而过。我从车前包中摸出两粒水果糖丢入口中，希望能够增加点热量。我在心中默默祈祷，千万不要感冒。

雨丝毫没有停息的征兆，我也只能再次冲入雨雾中。我挺直腰板，低着头大口地呼吸着潮湿而新鲜的空气。偶尔放纵地抬起头仰望天穹，雨水立刻蒙蔽了我的双眼。

恶劣的天气加上挨千刀的上坡都被我赶上了。今天骑行阿里山，已尽失“天时”和“地利”，幸好还有一个“人和”在不远的前方等着我！

当上天给你关上一道门时，同时又给你打开了一扇窗。正当我一边痛苦地与天斗、与地斗，一边沮丧地思考着晚上还没有着落的落脚点时，拐过一个山弯，我看见前方路边有一座工棚。几个工人正在里面喝茶聊天。

我按捺着激动的心情，停下来大声询问："这里离塔塔加还有多远？"

我不好意思直接开口询问是否可以在此借宿。

塔塔加是通往阿里山的必经之路，也是攀登玉山的登山之口。那里是一个游客集散地。按照我的原定计划，晚上应该赶到塔塔加露营的。可是，现在我基本上放弃了骑到塔塔加的念头。

"不是很远，大概还有十几公里。"

"路还是很陡吗？"我继续跨在单车上问道。

"和这里一样，一路上坡。"

……

"要不要过来吃点东西再走啊？"

"晚上能赶到塔塔加吗？"

"如果抓紧，应该可以赶到。"

……

"如果不想骑，可以和我们一起睡在这里啊！"

我就等着这句话呢，二话不说下了车，推车来到工棚。

工棚下杂乱无章，几个工人围坐在碎石上喝茶聊天。因为下雨，他们才得以早点收工回来休息。旁边竖立着几个集装箱，其中一个敞开着门，一溜的地铺上，有几个工人在睡觉。

我摸摸索索从后驮包中掏出拖鞋，换下湿乎乎的球鞋。

穿红衣服的中年男子看我哆哆嗦嗦的样子，说可以先去洗个热水澡。

我拿出洗漱用品和换洗的衣服，走到里面一个用帆布围起来的冲凉房。里面相当简陋，地面坑洼不平，洗发水、沐浴露等东西摆放在角落的地上。一条软管挂在横着的铁丝上，旁边的木板上挂着热水器。

那个红衣男子是老板，他吩咐厨房的女工打开液化气，我才得以洗上热水澡。

我向来随遇而安，出门在外，从不挑剔条件的好与坏，更何况在这种情况下，能洗上热水澡我已心满意足。

换上舒适的衣服后，老板邀请我和他们坐在一起聊天。

他们谈笑风生，用一个小酒杯轮杯喝酒。老板得知我从大陆来，热情地和我攀谈起来。老板告诉我他曾在大陆做过工程，承包过几个大项目。看着他那其貌不扬、常年在野外被风吹日晒的脸，我吃惊不小。这时我才留意到，路边还停放着几辆机动车，想必是他们往返于工地和城市之间的交通工具。

这时，从工棚里面走来一位纤纤女士，我正惊讶于这种地方怎么会有这等素质的女士出现之时，老板介绍说这是他的老婆，开车专程来看望他的。

女士端来茶水让我喝，也一并坐下和我聊天。看得出来，他们怕我受到冷落，有意找话题和我聊天。

聊天中，两岸的交往，甚至一些小小的摩擦都是我们的谈资。

渐渐地，我们之间没有了距离感，索性我也就自己感兴趣的台湾地区政治问题问问他们的看法。

“你对马英九的表现感觉如何？”我问老板。

“很一般啦！没有什么进步。”也许他关注更多的是经济的发展势头。

很显然，我对这样的回答很不满意。“那小马哥和阿扁比起来，如何？”

“啊，你们大陆的也知道小马哥这个称呼？我感觉他完全不懂经济。”

“陈水扁在任时，贪污那么多钱，你不……”一时我想不出一个恰当的词来。

“他啊，每个政治家都会那样。没有权力的约束，谁都会去贪污。”

很令我意外，老板对马英九并没有太多的好感，只是认为他是一位一般的政治人物。作为大陆游客的我，从感情上来说，从两岸的政治关系来看，马英九在两岸统一上，还是秉承了国民党的一贯立场。这一点比“台独”分子陈水扁好上一百倍。

此时，老板夫人听到我们谈话的内容，对自己的先生半开玩笑地说道：“你不要这样说我的偶像好不好，马英九是我的偶像啊！”

“你说，你们大陆建那个航母是不是针对我们的？”旁边一位男子插话说道。看来台湾同胞也很关心我们那艘“辽宁号”航母啊！

“不是啊，我们那艘航母主要是为了维护国家海防安全与稳定。”

老板介绍说，这里的工人全是台湾土著居民，都是居住在阿里山的布农族人，这里面有几个人还是亲戚关系。

期间，工人们纷纷向老板夫人夸赞老板人好，对他们很好。

看得出来，老板人确实不错。老板担心我饿坏了，吩咐厨师先蒸一些肉粽给我先垫垫肚子。我也不客气，两岸同胞一家人嘛！

后来的晚餐也很丰盛，六菜一汤，任选。我吃了满满一碗饭，足足喝了两碗汤。要不是顾着面子，我还可以再吃一碗饭。连日的骑行消耗太多的体力，饭量大增也是很自然的事情。

夜逛阿里山

雨后的阿里山空气格外清新。站在山崖边的碎石上，我长长地吐出几口气，将一天来闷在胸口的浊气都吐了出来，然后贪婪地大口呼吸着沁人心脾的空气。

晚饭后，老板夫人邀请我乘坐链轨车去山里“散步”。

这是一部呆头呆脑的车，外表奇特，没有驾驶舱，敞开的车头部位是驾驶室。我很纳闷怎么在大陆就没有见过这种车。老板介绍，这台车

马力特别大，再陡峭的山坡，别的车上不去，这部车就可以上去，遇到陡峭的山坡，物资全靠它来运送。

任何事物，有其长必有其短。这部车的短处就是速度奇慢。

经过一天的骑行，尤其是下午的风吹雨淋，我早已身心疲惫。此刻，夜幕笼罩，正是让心灵静下来的时候。

坐在车斗边沿上，听着“嘚嘚嘚嘚”的声音，我透过朦胧的枝叶抬头仰望天空，繁星点点。除了这稍不和谐的发动机声音外，耳边就是夏日雨夜后的虫鸣声。我享受着寂静的山谷，优哉游哉。

这部车的照明灯已坏掉，昏暗的树影下，借着微弱的星光还是可以辨别前方的道路。

“下午我骑车上来时，为什么那些涵洞没有照明灯呢?”我突然想起来下午在雨雾中经过几个涵洞时，都是漆黑一片。

“那是因为没有电力设备。阿里山为了保护生态，特意没有引入电力。”

我心中暗自赞叹，同样是著名的旅游观光景点，这里的生态保护意识比我们强多了。反观我们大陆很多的知名景区，为了招徕游客，为了吸引游客消费，本来寂静的乡野如今已变成“不夜天”。景区每天都是灯红酒绿、人声鼎沸。个别景区的酒吧更是充斥着高分贝的摇滚乐、搔首弄姿的钢管舞。很多的古巷一条街，都是新建的“老”房子，到处人头攒动、热闹非凡，早已失去了本真。

中国大陆很多被冠以“古城”的地方早已是千篇一律，什么“古城一条街”之类的地方更是人流如织。人们把现代都市生活里的糜烂景象照搬过来，打破了古镇原有的宁静与安详。如果说宁静、古朴、慵懒是古城的本色，而一旦这些元素被时髦的酒吧、富丽堂皇的酒店、千篇一律的劣质假古董、工艺品店所取代，那么古城也就丧失了生命力。

当满大街充斥着花枝招展的摩登女郎、从歌舞声声的酒吧里传来强劲的动感流行音乐时，古城已死！当成千上万操着南腔北调口音的游客像潮水一般涌入小小的古城时，当原住民已不再是这里的主人而被排挤成边缘人时，我知道古城已死！

我正在胡思乱想中，老板对我说："明天你往阿里山骑，路上会看到猴子！"

"真的？"我一阵惊喜。莫非生态环境保护得好，山里的野生猴子都可以到处蹿来蹿去？

拐过几个弯，路过山崖边时，探头往下望去，山谷下的原住民村落灯光闪烁。

"白天，你就是从那里骑上来的，从下面上来共六盘山路。"老板轻车熟路，向我介绍。

我随声应和着，想着白天冒雨骑行的经历，心中还有一些余悸。

十几分钟之后，我们来到他们施工作业的地方。

山路的左手边堆满了各种施工材料，右手边有一大片山体裸露在外，部分山体被布蒙上。老板手指高处，让我们看高高在上的一台挖掘机。

"这么大的工程需要多长时间完工？"我好奇地问道。

"计划是半年的时间。"

"总共要花费多少钱？"

"要几千万。"

老板介绍工程施工的情况，如何先用一两米长的钢钉把岩石固定在山体上，再如何用高压水枪把草种、树种，连同营养液喷射到高处的山体上。半年以后就初具规模，山坡上就会长出郁郁葱葱的植被了。

我一知半解地听着，感慨科技发达带来的便利。我原以为，这样的绿化工程，要靠人工辛苦地种植呢。

短短几个钟头的相识，老板谈笑风生，沧桑的脸上挡不住对事业的热忱。长年累月在野外摸爬滚打练就了他处事不惊、遇事不乱的工作态度。从风度翩翩、很有涵养的老板夫人身上，我同样可以看出他们乐观的人生态度。

第5天　玉山路途遇“劫匪”　阿里山中寻神木

行程：玉山工地—阿里山—嘉义触口村（骑行60公里）

我们无法用别人的经历来丰富自己的人生。即便如此，我依然喜欢这种浮光掠影的相遇，它们总让我觉得，原来每个人的人生都是如此不同，生命还有无数种可能。

——吴非《打工旅行》

日出玉山之巅

清晨，隔着山谷与对面的玉山主峰对望，云雾在山涧游荡。我登高远眺，逼近眼前的云海正以气势磅礴的壮观场面展现在面前。这种场景很容易让人误以为眼前面对的是一面海，跳下去就可以痛快地畅游一番。

对面玉山主峰一动不动，安详恬静，俯视着她身下的芸芸众生。

在工棚和台湾同胞共进早餐后，他们陆续去工作了，我也收拾好行囊准备出发。

今天的目标是阿里山景区。经过这几天的所见所闻、所遭所受，我调整了原来的骑行计划，决定不赶路，随心所欲、随遇而安。

“一二三，到台湾，台湾有个阿里山……”此次来台湾，不能错过阿里山啊！

日出玉山，光芒万丈，峡谷中云雾升腾。我就这样披着晨光上

路了。清晨的玉山还是有点阴冷，我穿着尚未晾干的骑行服奋力骑行，以保持足够的热量。

路上没有遇到一个人影，也少有车辆经过，我不骄不躁地平静骑行。

早晨的体力就是好，一口气就完成了十几公里的持续上坡，来到塔塔加游客中心。

这里只是一个中转站，提供少许的食宿，我到达时还尚未开门营业。

找到空旷的地方，停车稍作休息，我拿出洗漱用品，用冰凉的山泉水开始洗洗涮涮。

洗完脸，顿感神清气爽。站在山涧边，面对茫茫的松林，我吐故纳新，然后大吼几声，惊起几只鸟雀。

我心满意足地再次飞身上车，重新来到大路上。路边停车场已经停了不少的私家车辆，一些游客正在整装待发，准备攀登玉山。这些人应该是台湾地区的民众，利用周末休息日驱车前来登山，呼吸氧气，锻炼身体。

我们大陆游客都知道阿里山是著名景区，但对于这个相距不远的玉山却知之甚少。而台湾本地人却很热衷于攀登玉山，也许是这里游客稀少、原生态风貌保持较好的缘故吧。

沿路经常看到玉山公园的标识，阿里山属于玉山支脉，东临玉山公园。

在清代的《台湾府志》中有记述："玉山，在凤山县。山甚高，皆云雾罩于其上，时或天气光霁，遥望皆白石，因名为玉山。"玉山海拔3 952米，冬季时，山头积雪反光。歌曲《明天会更好》中的"玉山白雪飘零"说的就是这个玉山。

国民党大员于右任的铜像曾立于玉山登山口，上面镌刻着于老的著名诗篇《国殇》："葬我于高山之上兮，望我故乡；故乡不可见兮，永不能忘。葬我于高山之上兮，望我大陆；大陆不可见兮，只有痛苦……"

路遇"抢劫"

此去阿里山已经不远了，并且还有部分下坡路段，甚是轻松。

旅程，除了奇美的景色外，让人欣喜的应该是遇到的那些可爱的人和有趣的事吧。

正当我一个人安静地骑行时，忽然发现前方路边卧着一只猴子，

旁边的防护栏上还卧着另外一只。我赶紧放慢车速靠近，下车拿出相机拍照。

到近处才发现，两只猴子的肚皮上还分别挂着一只小猴。小猴玲珑瘦小，大大的眼睛不成比例地嵌在小小的脸孔上。两只小猴没有大猴那样镇定，瞪着银铃般的大眼睛略微惊恐地望着我。

两大、两小，四只猴子，莫非它们是一个猴子家庭？我们就这样对望着，互相观察着对方。大猴很是镇定，见到我这个陌生的人类一点都不恐惧。看来阿里山的猴子见过人来人往的大场面，根本就不惧怕。这也间接说明这里的动物保护做得相当得好，人和动物可以和平相处。

正当我停车观望时，蹲在路边的那只猴子四肢着地慢慢向我身后走来，肚皮下悬挂着的小猴随着大猴的走动左右地颠来颠去。

我正乐在其中时，大猴已经来到我的身后，以迅雷不及掩耳之势跳起来，抓走后驮包上挂着的一个红色塑料袋。整个动作也就一两秒钟的时间，我大吃一惊，原来直接抢东西啊。今天遇到了“车匪路霸”啦！

刚才我们对峙之时，是不是猴子正在静候我给它们食物吃呢！当猴子意识到我压根就没有这个意思时，就开始行动，主动上来抢了。看来这里的猴子伸手要东西的情景是稀松平常了。

抢走的袋子里什么都没有。猴子随手就将袋子丢在一边。

我暗叫不好，担心猴子没有抢到东西，恼羞成怒来抢其他东西就麻烦了。现在我单车前把上还挂着几件潮湿的衣服呢。如果被猴子抢去，以它们敏捷的身手，我是奈何不了它们的。

我摊开双手，对着那只泼猴连声喊道：“什么也没有！”

好多年前我曾经见识过猴子的身手。它们上蹿下跳、爬高上低，身手矫健。一旦被它们抢了东西，就休想夺回来。

此地不可久留啊。阿里山的精灵我是不敢也不想招惹啊！

为了快速离开这个地方，我加快脚力。路边已经可以见到奇奇怪怪的松树了，这些树木都是独树一帜的百年古树，有的松树没有了树叶，光秃秃的枯枝正顽强地伸向蓝天，孤傲而冷漠。路边有两棵枯木相距很近，相依相偎。旁边的牌子上写着“夫妻树”，很是贴切。

时光穿梭阿里山

上午十点左右我已经站在了阿里山景区大门前。

一辆辆观光大巴车不断驶入，多数为大陆的团体游客。我将单车停放在路边，前去购买门票。售票人员询问我是怎么来的，我说骑单车上来的。然后我就很欣喜地买到优惠50元新台币的门票（原价200元新台币）。原来，阿里山管理区为了环境保护，为那些乘坐公共交通工具的游客提供优惠。

这一点可以给个赞，希望大陆景区效仿。

阿里山是一个泛泛的地名，整个山脉都称为阿里山，范围很广，但阿里山景区特指嘉义县阿里山铁路终点的“阿里山森林游乐区”。这里有高大挺拔的千年古树、青翠茂盛的松柏竹林、曲径通幽的步行栈道，还有令人时空错乱的森林小火车……

阿里山景区素以“铁路、森林、云海、日出、晚霞”著称，而我只能完成两个任务：乘坐森林小火车、寻访千年神木。

阿里山森林铁

路是日据时期为砍伐森林树木而修建的，从嘉义市车站到阿里山车站，全长70多公里。昔日运输木材、物资的繁忙铁路线逐步退变为森林旅游的观光铁路。随着阿里山公路的通车，登山火车更是少人问津。

进入景区，望着导游引领着的旅游团，我一脸茫然，不知如何游览。一般情况下，我拿不定主意时，会逗留片刻，观察一下情况。

远处一座红色宫廷式建筑物吸引了我的眼球，先过去看看。原来是阿里山邮局，我欣喜若狂拿出明信片准备盖印章。可走近却败兴而归，今天是周六不营业。这里可是台湾地区海拔最高的邮局啊，千辛万苦地赶来却碰上了休息，让我情何以堪啊！

来到阿里山车站，我还是先尝试一下著名的小火车吧。按照推荐，我购买了往返车票，先坐到沼平，然后再徒步穿越景区、寻访神木，到达神木车站再乘小火车回来。

阿里山车站为两层木质结构，二楼可以观景。我按顺序

来到站台，正好赶上对面缓慢驶入的列车。老式的柴油机车头，红色油漆粉刷一新，勾起了我蠢蠢欲动的心。我没有犹豫，径直走进车头车厢，看驾驶员灵活娴熟地操作火车。

一声长笛，列车缓慢地驶出车站，开始在森林间穿梭。车厢狭小，乘坐的游人不多。列车一路晃晃荡荡，经过路口时，列车员还像模像样地拉起汽笛长鸣。透过列车窗口，我看着不断延伸的铁轨，望着不断倒退的树影，神情恍惚。这里是陌生的土地，似曾相识的乡音、相同的面孔，我却置身在另一个世界。

这段铁路只有几公里，几分钟就到达沼平车站。我收回思绪，抬腿走出了车站，来到沼平公园。

这里原是一个伐木村落，因一场火灾焚烧殆尽，相关部门便在此基础上建立了这个公园。远远的一座高空木栈桥横空出世，高高地耸立在一处空地上，取名“樱之道”。走上栈桥，周围绿树青葱。可惜天色灰暗，不然站在此地可以望见远处的塔山。

出了公园，沿着山路穿越森林区寻找千年神木。所谓“神木”，其实就是古老的桧木。能称得上神木，我想树龄肯定都是上千年。

景区里还有两潭紧紧相邻、大小不一的湖水，取名“姐妹潭”。关于姐妹潭有一个凄美的传说：从前有对姐妹同时爱上了一个男子，但彼此又不忍伤害对方。于是姐妹两人举身赴清潭殉情，后来人们称这里为“姐妹潭”。潭边山林翠绿，其间有两座相思亭，覆干草于顶上，古朴而自然。

一路走来，古木参天，遮天蔽日，地上潮湿阴暗，很适合爬行类植物的生长。

台湾的桧木生态极具代表性，不仅是全球桧木生长范围的最南端，也是唯一地属亚热带气候却拥有桧木的区域。阿里山地区常年云雾缭绕，气候湿润，很适合桧木的生长。可惜，从日据时期直到20世纪80年代的大量砍伐，台湾桧木林遭到了严重的破坏，多数林地的桧木所剩不多。而那些树干弯曲、枝条凌乱、造型怪异、难以加工利用的桧木却得以保留下来。阿里山森林有些地方又遭遇火灾，真是历经天灾和人祸啊！

如今的阿里山森林严禁砍伐树木，目前已经部分恢复了最初的风貌。许多地段的地面上，还保留着当年砍伐后的原貌。砍伐后的树根千奇百怪、

形态各异，就这样原封不动地放倒在地上，不仅仅是一道风景，更是一种警示。

森林深处，同样架起了高空栈道。游客行走其上，可以穿梭在千年神木之间，既近距离观赏了神木的风采，又保护了地表的植被。

前方一名导游在侃侃而谈，然后带领着游客寻找“神木”而去。我还想徜徉在这个幽静之处，这里到处都是千年古木，这些难道不是神木吗？我反其道而行之，继续往森林深处走去。

后来我还是没能找到导游所说的“神木”。其实，导游口中的神木，也就是众人公认的神木红桧，高52米，树龄至少已经3 000年。由于树心被细菌感染侵蚀成中空状，形态不佳，在日据时期却幸运地逃过被砍伐的命运。可惜在1956年不幸遭到雷击，虽然1962年在树身上栽种了第二代桧木，但1997年神木又因大雨冲刷而严重歪斜。阿里山管理处为了保护游客安全，在1998年6月将神木放倒，置于原地供人观赏。现在就平躺在神木车站旁边。

其实，我还是见到了这棵神木的。当准备乘小火车返回，我在神木车站驻足时，第一眼看到她时，还不知道那个安详地平躺在车站旁的朽木就是神木，因此也就没有在相机里留下她不朽的身影。

莲雾・吊桥・老乡

下午两点多钟，我骑车离开了阿里山。按着路标指示，我朝嘉义方向而去。

下坡时，雨水又不期而至，想着“阿里山区每天午后必有一场雨”这句话，我苦笑着摇摇头，默默地穿好雨衣继续穿行在雨雾中。我别无抱怨，路是自己选的，苦就必须自己承受！

路过一个村镇，路边有一个售卖莲雾的小店，一筐筐的莲雾摆放在店门前，很是诱人。想自己进入台湾岛多日，尚无水果入肚，看着娇艳欲滴、果肉厚实的莲雾，就买几个试试吧，一来品尝一下台湾特产，二来补充一下体内的维生素。

在广州也有售卖莲雾的市场，我所在的学校也有几棵莲雾树。我就曾在春花烂漫的季节徒手攀登上校园停车场边的那棵莲雾树，在颤颤巍巍的枝条上摘下很多颗，引来路人哄抢。广州的莲雾个头瘦小，远没有台湾本地的丰满，味道也相差甚远，咀嚼起来，如同棉絮，而在这里买的几个莲雾，外表鲜红娇媚，果肉白皙，爽口甘甜。

后来来到一个不知名的小镇，饥肠辘辘的我赶紧停车寻找饭馆。雾气正在快速翻滚着升腾起来，弥漫了整个山谷。

坐在小饭馆里，我抿着茶水，呆呆地望着快速移动的山雾。远处的景致已不见踪影，近处的房屋、街道若隐若现，眼前波涛海浪般白茫茫的一片，犹如海市蜃楼。如果没有几天前的遭遇，面对这漫山遍野的大

雾，我可能早就被震惊了。

傍晚时，从山坡上拐下，来到一个叫触口的小镇。进入触口要先跨过一座大桥，桥下河流名叫“八掌溪”。大桥边是两座吊桥，日据时期修建的。两座吊桥名字很是独特，一曰“天长”，一曰“地久”。本以为与中国传统文化有关，是见证爱情、亲情的吊桥。走近旁边的石碑，这才知道原来是配合日本人的“天长节”、“地久节”而起的名。

晚上在触口“国小”操场的司令台上搭营，一位散步的中年大妈过来聊天。她祖籍竟然是广州。她这个台湾新移民面对着我这个广州新移民，攀谈起来甚是友好。我告诉她，广州经过几十年的发展，尤其是近十多年的发展，经过亚运会的提升，城市整体面貌早已脱胎换骨、今非昔比。她也不住地感慨祖国大陆日新月异的发展。我询问她在台湾生活是否顺心，她连连地点头，表示生活安康如意。临走时，我邀请她早日回家乡看看，她说道：“是啊，早就该回去看看了。”

第6天　博物史馆探文明　台南府城寻古迹

行程：嘉义县触口村—台南市（骑行88公里）

旅行多的是生活的阅历，多的是心灵的自由，少的是现实的功利和疲惫。走在外面，看过世界之大，就不会再执着于某些无谓的东西，旅行让人变得豁达，旅行是自我改进的最好方式。

——汪晓敏《说走就走的青春》

嘉义上的北回归线

清晨，触口“国小”校园静悄悄，我再次整装待发。

此时气温不高不低，空气中弥漫着清新的气味。从中央山脉到滨海城市，之前上坡的艰苦换来了如今下坡的轻松。我脚踩踏板，骑得虎虎生风，心情无比舒畅。

中央山脉向海滨过渡的余脉上，开始出现原住民部落的村庄。草地上出现两尊雕塑，是一对勤劳的农民夫妇劳作后的情景，雕塑形态憨厚、诙谐有趣。鲜亮的色调、憨态的造型体现了当地民众积极乐观的生活心态。

离开中央山脉，村镇明显多了起来，机动车、红绿灯的出现把我从原生态的山区拉回繁华的都市。

我来到嘉义市区，穿城而过，很快就来到北回归线标志点。

在我国台湾地区，北回归线穿过澎湖、嘉义、南投、花莲四县，共建有三座北回归线标，这座在西部的嘉义县水上乡，另外两座分别在东部的花莲瑞穗乡和海线丰滨乡。

小时候地理课本告诉我们，北回归线是北半球温带与热带的分界线，关注北回归线主要是在于它的地理意义。那个时候，对于生长在中原地区的我来说，北回归线是那么的遥不可及。如今，我就站在北回归线上，并且是站在祖国宝岛台湾的北回归线上。

嘉义县的北回归线主标志

点旁边竖立着四个清朝以来不同时期的标志，众星捧月般烘托出一个高高大大最近修筑的标志点。广场中间有一个环形的建筑，里面有一些展室。这里是一个公共的参观点，主要与天文有关。可惜时间尚早，还没有开始对外开放。

当我再次驱车时，烈日当头，刚忍受完中部山脉阿里山的雨雾，又要忍受西部滨海烈日的洗礼，在快速而短暂的时空转换后，我体会到了什么是否极泰来！

“台湾国立历史博物馆”

中午时分，我已经进入台南城的郊外。

台南对于台湾而言，是历史文化名城。在郑成功进台湾之前，台湾先后被西班牙人、荷兰人所占领，郑成功打败荷兰人，才使得台湾回归了祖国。而郑成功所建的府址就是在台南。

台南本不是我最初设计的骑行线路，只是因为听取了日月潭美利达车行老板的劝告，我才阴差阳错地来到这里，在这里真正地了解了台湾的前世与今生。对台湾的认识，由原来的零星、支离的印象逐渐变成清晰、系统的认识。

要想全面了解台湾历史，就必须走进台南郊外的“台湾国立历史博物馆”。

快接近台湾历史博物馆时，远远就可以看到醒目的太阳能面板。它是由一千三百五十片太阳能面板与四百零五片钢印玻璃组成的光电云墙，上方标示着“台湾国立历史博物馆”的英文名称“National Museum of Taiwan History”。

此时的我又累又乏，在此逗留参观一下正是不错的选择。

台湾历史博物馆有开阔的户外空间，供游人游玩。这里有云天广场水舞台，别具特色的设计，像是走在水上；有情湖、忘忧湖、竹篙厝及牵手桥，是欣赏自然景观、赏鸟的好所在（闽南语，“好地方”）；“快乐万花筒”则是亲子休憩与生态学习的地方，可以玩沙、看蝴蝶。

台湾历史博物馆的常设展览为“斯土斯民——台湾的故事”，是一个以所有台湾人为主角、以台湾岛为舞台，讲述台湾历史的展览。展览带领游人沿着历史的时间轴，穿越不断更迭的时代及政权，认识与体验不同时代的居民生活文化，并透过造景、模型，引领观众一起看多元视角下的台湾故事。

博物馆内还设有时间车站，站内的列车模拟了火车车厢，搭乘时需取票、剪票上车，配合影片情节还会有摇晃感，片长约十分钟，让搭乘的游客都有深入其境之感。

四楼推出的特展主要有“百年生活记忆展”，很多当年的实物、器物、海报向观众展示不同历史时期百姓的生活风貌。

四楼的特展还有“来去台湾——馆藏文物特展”。这里的简介是这样叙述的：推动着海岛台湾在历史长河里缓缓前行的，是顺风而起的风帆、举步维艰的脚力以及滚动不息的车轮。台湾的中华民族同胞在不同的历史时期经历了生活的酸甜苦辣，有着自己鲜活的故事。

博物馆内设计有游人拍照之处，混在众多历史画廊之中，让游客可以融入情境之中，合照留影纪念。二层有应景的纪念印章可以随便盖，图案形态各异，就摆在专门的台面上，自己动手即可。

游览博物馆期间，我还闹出一件出丑的事。二楼有一个放映厅，里面播放有关台湾历史的动画片。我按照播映时间，提前进入，找了一个最中间的座位坐下。

影片很快开始了，可我却困意袭来。我尽量睁大双眼，盯着银屏观看。舒适的座椅，加上昏暗的光线不断地引诱我。我上下眼皮开始打架，怎么也不听使唤。反反复复挣扎了几次，我最终还是撇下可爱的卡通，和周公来了次约会。

等我醒来时，已经剧终人散。

赤崁楼

台南城区第一景点当属赤崁楼。这个当年荷兰人所建，后毁于战火的建筑，重建的部分已经是中式建筑了。

从历史博物馆出来，我不知道如何拐进市区。我在路边犹豫着，等待着路人甲或者路人乙的出现，好上前去问个清楚。

午后的阳光很强烈，无遮无拦的路上，车辆飞驰而过，行人稀少。等了一会，远处来了一辆机车，我还没有看清楚来人的面貌就忙不迭地伸手相问。等对方停车，我才看清，一个四肢刺满了文身的年轻人停在我的面前，枯瘦的肩膀上顶着个窄脸尖腮的脸孔，干巴巴的样子很难不让人浮想联翩。他的嘴巴里还不停地咀嚼着槟榔。

像这种长相和惹眼的刺青，在大陆出门不被警察查身份证才怪呢。我心中暗叫不好，莫非遇到了台湾的“古惑仔”不成。但此时，对方已经开口说话，我也只能硬着头皮询问去台南的路怎么走。

“古惑仔”倒是很热情，给我指指点点，看我一脸茫然的样子，就对我说：“你跟我走吧，我带你去。”我马上抱歉地说道：“太麻烦您了，耽误您上班了。”

他一脸的不在乎说：“反正我自己做，没什么紧要的事。”

于是，他不慌不忙骑着机车，我不紧不慢地在旁边跟骑，有一搭没一搭地聊着天。

他告诉我，他这几年经常往返于台海两边，早期在广州做生意，现在福建做生意，对大陆相当熟悉。走街串巷，经过多个路口后，他停下车，用手指着左边的马路告诉我，朝这个方向就可以找到赤崁楼。

多么热情的同胞啊，刚才被他“流里流气”的外表所迷惑，差点做出“敬而远之”的举动，莫非是两岸文化的差异？我心中感慨，当年孔老夫子就曾经“以言取人，失之宰予；以貌取人，失之子羽”。而自己凭经验来判断一个人，也是典型的主观臆断啊！

赤崁楼位于台南市赤崁街与民族路交叉口上，是台南最著名的古迹与精神象征。明永历年间（1653年），荷兰人在此兴建“普罗民遮城”，汉人则以“赤崁楼”、“番仔楼”或“红毛楼”来称呼它，历时两年大致完成，这是初期的赤崁楼。当时的城楼，背山面海，与数里外的热兰遮城遥相对望，互为犄角，控制台江内海。

赤崁楼这个名字是因为当时台江潮水可直达城下，闽人称水涯高处为“墈”，讹作“崁”，加之城楼砖瓦皆为赤色，在阳光映照下红火一片，所以称为“赤崁楼”。

赤崁楼300多年来，历经明郑、清朝以至日据时期的变迁。赤崁楼在台湾开拓史上具有重要的历史文化价值，见证了台湾历史的沧桑变化，以及东西文化的碰撞。而其建筑从荷兰式的城堡，迭经历代的改变，而拥有了中国建筑的轮廓。

台湾光复以后，赤崁楼作为台南市立历史馆使用。从诸庙杂陈到双

楼并立；有填平城基，也有矗立碑林；有掘开入口之迷，也有发掘穴窖之实。赤崁楼是一座风雅优美、层次丰富的建筑，在老树成荫的庭园内散落着各式碑碣、石马、石蛇、技勇石，以及满汉文并列的九座赑屃御碑。这些是光复后陆续移入的文物，犹如一座户外博物馆。

走进景区内，最醒目的就是右手边的“郑成功议和图”雕塑。在赤崁楼的前方，一字排开的九座赑屃御碑，上面的碑文是乾隆皇帝在平定天地会林爽文之乱后而作的五篇纪念诗文，名称是“御制剿灭台湾逆贼生擒林爽文记事语之满（汉）文碑”。

赤崁楼的园区里面高大壮观的乾隆御龟碑、纷然林立的石碑、石兽与石器、巍然耸峙的海神庙与文昌阁、充满传奇色彩的红毛井、砖石斑驳的普罗民遮城堡遗迹，以及残存的书院门厅等，都值得细细浏览。

走进文昌阁，牌子上写着：“此期间，政权几度更迭，从最早属于平埔族的土地，至荷兰、明郑、清朝，中经日据，以至光复，赤崁楼也在天灾兵祸中，历经沧桑。历史的痕迹，堆叠在这栋多元文化混融的建

筑物中，透过她，我们得以窥见这块土地一路走来的艰难足迹，益发兴起谦逊、思古的情怀。”

几步之遥的庭园之外，柔和的夕阳斜照在街道上。此时正值交通高峰期，熙攘的人流、车流穿梭不断，却少见指挥交通的警察，耳边也少有刺耳的汽笛声。民众经过路口时，车辆减速、机车礼让，一切匆匆忙忙，却也有条不紊。

我望着繁忙的路口发呆，思考着每天都必须面对的问题：今晚的露营地在哪里？

台南美食

刚才从赤崁楼出来，旁边就有一间“国小”，只是电动门紧锁，门口有门卫值班，我不能确定是否能借宿成功。大城市就是不一样，在人流穿梭的闹市区，清净的校园必定是要将市井的喧闹关在门外的，何况这里还是小学校园呢。

我想了一下，认为时机还不成熟，等到傍晚黄昏时再去借宿，成功的概率或许大增。

我骑着车在附近的几个街区晃来晃去。在解决住宿问题之前，还是先来解决一下饥饱问题吧。

在一个十字路口处，我停了下来，临街的“刘家肉粽菜粽专卖”吸引了我。门前停了不少的机车，吃饭的桌椅就摆放在骑楼下。在这里吃东西还可以欣赏街景，正合我的胃口。

台式肉粽分为南北两派。南部肉粽是将糯米与花生略烧过，不加酱色，所包内馅有猪肉、红葱头、栗子、豆干、芋头等，再将包好的粽子以水煮至糯米熟透，水煮时间较长，吃时蘸调味料。

果不其然，我所点的肉粽和鱼翅羹的味道没有辜负我对这里的偏爱。

我坐在安静的角落，品尝着美食，望着路口过往的车流。

台湾城市的街道大多不宽，楼房也不高，这就注定了城区人口密集。每次路口出现红灯时，大大小小的机车停在专用的停车区域，前呼后拥，场面颇为壮观。而一旦变为绿灯，机车马达轰鸣，川流不息。由于台湾民众礼貌谦让，路口处少有磕磕碰碰的交通事故发生。

吃过晚饭，我又回到赤崁楼那条小巷，时间还尚早，我不急于到“国小”借宿，来到小巷里的一家“韩金婆婆奶酪店”。

有关韩金婆婆还有一个美丽的故事。

韩金婆婆是一位蕙质兰心的台湾阿嬷，也是一个刻苦坚强的传统妇女。当年靠着好手艺，一肩挑起养育子女的责任，带大五个嗷嗷待哺的小孩。她用慈母的心，制作出无数美味可口的小吃、点心，口碑相传，顾客赞赏不已。其中，更是以“豆腐酪”著称。其实豆腐酪并非豆制品，日据时期，一位日本师傅赠予阿嬷独家配方，因早期制作时，形如豆腐状的方块形，小孩常随口喊：“吃豆腐啰，吃豆腐啰!”韩金婆婆就把孩子们最爱的这个点心，取名为“豆腐酪”。

当韩金婆婆年迈、罹患失智症时，长期照护她的责任全由幺女亲自承担，因为卧病在床的母亲只能食用像布丁之类的流质食物，而布丁太甜，不适合老人家长期食用。为了让母亲得到更好的食物营养补给，幺女继承韩金婆婆五十年手艺，全身心投入豆腐酪的研新制作，她把全部的爱借着豆腐酪来呈现给母亲。小小的豆腐酪之中，有着母亲的回忆，也蕴含了女儿对母亲满满的爱。因为父姓韩，母名金，命名“韩金婆婆”以表达反哺报恩的情意。

我走进简陋而不失整洁的小店，纯粹为了打发时间。坐下后，点了一份35台币的豆腐酪。精致的乳白色搪瓷小碟端上，精巧的豆腐奶酪果然是入口嫩滑爽口、甜而不腻。

台南还有其他著名景点，如延平郡王祠、安平古堡、五妃庙、亿载金城、安平树屋等。因为没有时间作过多的逗留，也就无法参观。

夜幕下的遐想

“你好，我能不能在这里借宿露营一晚？”吃完韩金婆婆奶酪后，我来到不远处的“国小”门前，对着敞开着窗户的值班室里的老人问道。

老人探出头来，看看我的模样说道：“这里不给借宿啊，你问一问赤崁楼那里能不能借宿吧。”

我可没有那么容易就被打发走，到那里借宿露营，难度肯定比这里大。“刚才问过那里，他们说那里是景区，晚上不给露营。”我不死心，也为了表明我的决心，只能编了个谎话说道。

老人看着我的样子和行装，可能也看出我的劳累与艰辛，就说道：“那我要请示一下领导，你稍等一会。”

打了几个电话后，老人从值班室里出来，打开电动门，对我说：“可以了，我们领导同意了。”

我千恩万谢，推着单车随老人进了校园。老人指着教学楼和操场让我自己随意找地方搭帐篷，还告诉我说，教学楼一楼有卫生间，里面有一个专门为残障儿童设立的卫生间，那里可以冲凉。

搭帐篷期间，我打量着这个校园。这几天露营了几个地方，有市区也有乡镇的“国小”，感觉台湾“国小”校园差异不大，除了几栋教学楼之外，就是操场。市区条件好的学校，无非硬件设施好一些，其他都大同小异。

对于从事教育工作的我来说，在大陆行走的地方多了，见过大都市一流的小学，也见过贫穷地区让人惨不忍睹的小学，真是天壤之别啊！许多大陆西部的小学，基本的办学条件比如教室、教师都不能保证，何谈教学质量，

更何谈素质教育?

面对我们的世界经济“第二”的地位，我们的教育投入力度真不敢恭维！许多落后地区的义务教育，由于条件艰苦，缺少师资力量，教师只能是乡村代课老师和志愿者担当。堂堂一个大国，讽刺的是，每年那么多的师范专业毕业生挤破头皮也要留在早已饱和的大城市，另一边却是落后地区教师的严重不足。我们不能奢望每个师范毕业生都具有“服务西部，扎根西部”的崇高道德理想，但从政府层面上，是否应该再大胆一些，给出更加优惠的政策扶持，来吸引毕业生到落后地区支教，进而留住毕业生。

我脑子里突然有了一个想法，我们能否在全国范围内对义务教育学校的基本办学条件设置一个统一标准（比如引进质量认证体系），来保证基本的教学。为了保证义务教育的顺利完成，不论城乡、不分东西，教学基础设施都必须达到一个最基本的统一标准，才能够开门办学。比如说，一所小学，规模是每个年级2个教学班，那么你必须保证至少拥有12个教室，这些教室要规定是楼房框架结构还是平板房屋、能否抵抗6级地震等标准。这些规定必须细化，并严格执行。如不达标，政府必须增加投入，保证达标，才可以招生办学。这是最低的标准要求，是绝不能突破的红线。师资力量同样如此。

夜幕降临，我胡思乱想着。人虽在台湾这边，思绪却跑到了祖国大陆那边。

第7天　高雄港都魅无穷　乌龙村庄显从容

行程：台南市—高雄—屏东县乌龙村（骑行95公里）

流浪让我们远离了所有我们最习惯的东西。流浪把我们送上和自己独处的道路，流浪很辛苦，但流浪让我们认识自己。我终于知道自己是谁，喜欢什么，想要什么，那种喜欢的感觉好踏实，一点也不自欺欺人。离开熟悉的环境，离开规定的道路，离开旁人的疑虑，才能面对自己，找回真实的自己。

——连美恩《我，睡了，81个人的沙发》

派出所“偷水”

今天本打算中午只骑行到高雄，下午好好地逛逛这个台湾第二大城市。

从台南到高雄也就三四十公里的路程。

早晨出发后，我不紧不慢地骑上单车在台南市区瞎逛。台南是古都与都市景观并存，现代化楼宇当中夹杂着明清庙宇官邸，西式风格建筑的背后又可见闽式风格的民宅，可谓是“五步一神，三步一庙”。

安静、清凉的街道两边商铺还没有开门，有些狭窄的道路两边商铺广告灯箱占去了一半的空间。这里的楼房多为四五层楼的旧房，有些外墙粉刷一新，而更多的是裸露着褪了色的灰色墙体，没有统一的格调，看着也没什么不协调的。

更有意思的是，我发现一些店铺门前摆放着一溜的花圈，中间贴着红底的金字，很是喜气。原来，这里道贺祝福之类的活动是用花圈的，跟大陆截然相反。

我穿行于台南的街道，清风袭来，微凉。

早晨离开台南中西区成功“国小”时，没有接到饮用水。我一边骑行一边寻找可以装水的地方。在中西合璧的建筑物“国立台湾文学馆”前停下，进去询问是否可以装水。工作人员说这里没有饮用水，建议我到路口对面的派出所装水。

在写着大大的“119”消防局旁边的小门面那里，我找到了派出所的入口。推门进去，静悄悄的派出所没有一个

人影。我不敢贸然闯入，在门口处礼貌地大声喊道：“请问，有人吗？”连着几声，竟然没有回应。

没有人，门也没有锁，莫非暗示我可以随便进？

我二话不说，走了进去，根据经验径直向里走去。在里面的角落里，我顺利地找到了热水机。

直到我走出派出所，也还是没有见到一名警察。这在大陆是不可想象的，派出所那种地方，不是谁想进就可以随便进的。像我这样进进出出，如入无人之地，除非借我两个胆，才敢这么造次。

装满了两瓶水，我心里踏实了好多。吃过早餐，我结束了台南城的行程，找准高雄方向的道路骑行。

在这里唯一遗憾的事情是没能找到台南大学。道路边有一些提示牌，但就是找不到。询问了菜市场的老农，交流起来有点费力，最后只能放弃寻找。后来回大陆之后才知道台南还有一所大学更加的有名，就是成功大学，也没能前去参观。

高雄“爱之河”

本以为平坦的路程应该十分轻松，我却骑得筋疲力尽。因为人口密集，乡镇一个连着一个，路口是一个挨着一个。道路狭窄，我要全神贯注地留意身边呼啸而过的机车，还要时不时地停下来等待红绿灯的

放行。

台湾《联合晚报》早些时候曾报道，台湾2 300万人却拥有1 509万辆摩托车，相当于每百人有67.6辆。其中高雄市每百人有超过82辆摩托车，比率为台湾之冠。方便又省钱的摩托车是台湾人最爱的交通工具。如果排除年龄过大或过小因素不允许驾驶机车的人群之外，对于适龄人群来说，台湾的机车可以说是至少人手一辆。

这样的骑行，完全打乱了我长途骑行的节奏。我骑骑停停，疲惫不堪。

还好，路程不远，我也只能忍受半天这样的折磨。

接近市区，前方有情况。

路边侧躺着一辆机车，没有人。旁边的骑楼下，两名警察陪着一位坐在凳子上的男子。旁边还站着一位警察，从背影看，是个纤纤弱弱的女子。这里可能发生了碰撞，警察在处理。没有人围观，过往的路人都尽量避开，自觉地保护好现场。这是我第一次在台湾见到交通事故，轻微的事故，也是唯一的一次。

天灰蒙蒙的，远处乌云压近。临近高雄市区，天空下起雨来。我穿上雨衣，马不停蹄地赶路。

雨势越来越大，赶到一处捷运立交桥的桥底，我赶紧停下来避雨。褪去湿漉漉的雨衣，我望着繁华的闹市，来来往往的车流，雨水顺着立交桥排水管道不断地流淌。透过雨雾，烟雨朦胧的高楼大厦阻挡了我的视线。没有市区地图、没有GPS导航，繁忙的街道，我一时找不着北。

我望着雨景发呆，心想不能就这样浪费时间。我问过路人，知道了大致的方向后，重新穿上雨衣，冲进雨雾中。

到底是台湾的第二大城市，街道明显宽阔多了，分流的立交桥随处可见，崭新的高楼大厦也比比皆是。我不停地通过问路来修正骑行方向。我的目的地只有一个，那就是高雄最美丽的西子湾。

雨势渐渐小了起来，我也不再疲于赶路，开始东张西望打量这座城市。

应该说，高雄市是新旧的结合，雨中的高雄有一种柔美的性情在里面。

高雄是台湾的工业重地。20世纪60年代，台湾经济起飞时的单点发展，使得高雄一度被称为“文化沙漠”。近年来，高雄市努力创造令人注目的摩天大楼、城市光廊、观光码头、文艺特区，灌溉了这个文化沙漠。如今的高雄借助得天独厚的港湾景色、越夜越美丽的河岸风光，加上一贯的热情和活力，赢回了诸多口碑。正可谓“寿山秀，爱河清，平畴千里，繁花似锦。工业城，文化地，人才济济，壮志凌云”。

雨雾中，我在著名的“爱河”河畔驻足停留。这个被冠为爱情圣地的河流在灰暗的雨雾中显得低调而朦胧。

“爱河”这个名字，是由一连串的误会引发的。

1948年，高雄市民在中正桥附近经营划船所，诗人将其命名为“爱河游船所”。一年后，一次台风侵袭，“游船所”这三个字被强风吹掉，只剩下“爱河”两字。刚巧，一对情侣在此殉情投河，初抵此地的记者前来采访，以为河畔招牌剩下的“爱河”两字就是这条河川的名字，就以“爱河殉情”为题进行报道。从此，高雄川这个名字就渐被人们遗忘，大家更喜欢称这条河为“爱河”。

爱河两岸绿树成荫，遮天蔽日，河滨绿草如茵，花团锦簇，饶有情趣。这里是繁华都市闹区中的一块安静的角落，充满了柔情蜜意。据说，夜晚的爱河河畔霓灯闪烁、咖啡飘香、乐声悠扬，让爱河水岸弥漫着梦幻般的浪漫气息。

在浪漫的夏日夜晚，在优雅的乐曲声中，在迷幻的华灯之中，爱河真是一条名副其实的“爱情之河”。爱河属于每一个心中有爱的人。可惜，我只是匆匆过客，来去孤身一人。面对这勾人思绪的情景，我不敢做过多停留，怕因伤感而迷失了方向。

高雄港畔千帆扬

不知不觉雨停了，我也顺利地来到了高雄港。

高雄港港阔水深，形势天成，是世界集装箱运输的大港之一，年吞吐量居世界第四。这里帆樯林立、百舸争流，是水都风情的经典代表。

尚未进入港口，废弃的铁路沿线两侧便可见到宽大的旧式仓库。昔日的仓库早已在艺术家的改造下摇身一变成为主题餐厅、酒吧和艺术区。雨后的港口游人如织。我随着人流，沿着港口左侧的铁道骑行。

沿线是一排排造型统一的塑像，一男一女，一工一农，两两相邻。经过艺术家的描绘，个个色彩斑斓、憨态可掬。

“行政院海岸巡防署”的舰艇停靠在不远的港湾，舰尾悬挂着青天白日满地红旗。沿线居然没有拉起警戒线，游人可以随意地靠近舰艇拍照。

这条铁路是旧时的临港铁路。1941年太平洋战争爆发，日本军部计划将高雄建成南进基地，为了运输军事物资的需要，建设了这条临港线铁路。临港铁路犹如一条围墙，清晰地将港、市分开。

高雄港拥有119个码头。沿着旧铁路骑行，远处一个白色的巨型风

帆出现在陆地上，到近处一看，原来是真爱码头的装饰建筑。

第12号码头，又叫“真爱码头”。其名称由来也是十分有趣。以前到外岛当兵的青年都必须在对岸码头——光荣码头上船。而他们的女朋友只能与他们在此相拥送别。

光荣码头原来是军用港口，昔日承担运送物资和服兵役的任务。如今，这个神秘而森严的地方变得浪漫而热情，在地方政府的精心打造下，变成了旅游观光景点。

站在爱河入海口的高雄川铁桥，左边爱河沿岸风情，右边各种邮轮

和舰艇一览无余。港口远处，“品”字形的高雄85楼，就像一枚蓄势待发的火箭耸立在空中。它作为地标，又称为东帝士建台大楼，在台北101大楼完工前，曾是全台湾最高的大楼。

目前高雄港同时扮演着商港、渔港、军港的角色。

悠游于港口码头间，我仿佛置身在如诗如画的风景中，高雄不再只是灰蒙蒙的重工业城，不再是硬邦邦的线条，美景、美食与艺术的结合营造出了这个浪漫之都。

游览完港口左侧的艺术区后，我原路折返来到港口右侧的区域。离开充满艺术气息的旧式仓库后，眼前视野豁然开朗，空旷的草地上保留着早期的铁轨、列车和车站。铁轨上斑驳的铁锈、粗犷的老式车头，见证了历史的变迁，也宣示着历史的苍凉。

我双脚踩在旧铁轨上，尝试着让自己身体保持平衡，沿着铁轨向前走。也许，过去或者现在，不知有多少游人或当地人像我一样晃晃悠悠地踩着轨道，重温儿时的顽皮。这斑驳的铁轨应该承载了不少人的青春年少和美好回忆。

在许多人眼里，这些横卧着的铁轨不再是硬邦邦、冷冰冰的家伙，它们代表着人们对一段历史的记忆，是情窦初开的纯美爱情，是扶老携幼的温馨场景，是感动，是温情。

美好的记忆场景没有被毁坏，而是得以保留。这是一个城市的文化品位，是不能用GDP衡量的指标。它是一个城市的胸怀，是无价之宝。

中山大学 · 打狗领事馆

离开高雄港，在路人的指点下，我来到西子湾。这里有两个地方吸引我，一个是中山大学，一个是打狗领事馆。

相对于广州的中山大学，台湾的中山大学要年轻稚嫩得多。她建于1980年，背靠万寿山，面朝西子湾，绿树环绕，是台湾仅有的一所建在海边的高校。

进入校门，草木葱郁，鲜花盛开，精美的校舍隐藏在青山之中。骑行在美丽的校园内，我分不清是山在校园中，还是校园在山中。有人说，中山大学的“校园之美就蕴藏在书声吟唱、峰峦掩映、海雾朦胧的丛树碧水之间”。我不停地暗暗啧叹，这么好的校园真是让人羡慕嫉妒恨啊！

一名骑着机车的年轻女子从后面赶上，白色的头盔挡不住秀发飞舞。并肩骑行时，她转过头来，朝我嫣然一笑，笑容纯净而美丽，瞬间洗刷掉了我一身的疲累。望着她纤细的背影，我劲头大增，尾随来到了半山腰上的中文系，中大女子娴熟地停好车，摘下头盔挂在车把上。我远远地望着她翩翩起舞的背影消失在教学楼里。

“乡愁诗人”余光中先生就在此任教，莫非就在此楼内埋头创作？

我呆立在原地，大脑有点短路。

逛出校园，来到旁边的西子湾海滩。站在长长的防堤上，海风迎面吹拂。远处海边山坡上绿树茵茵中红色的楼宇就是中大校园。

黑色的沙滩上三三两两的学子在戏水。这里禁止游泳，海堤上的警戒室有人在监督，以防发生事故。我一个人面对此景，早已失去了雅趣。逗留片刻，来到旁边山坡上的打狗领事馆。

高雄开发得很早，与台南、北港、嘉义等地并称为台湾历史最悠久的地方。这里最早是平埔族原住民（马卡道族）的居住地，因盛产竹子得名“takau”（平埔族语，意为竹林），汉语音译为“打狗”。“打狗”

便是高雄最早的名称。

日据初期，日本人认为“打狗”名称不雅，根据发音把这里写成日文的“高雄”，而读音还是“打狗”。抗战胜利后，国民政府干脆把日文“高雄”沿用下来，而发音则改回国语“高雄”。

建于1865年的“打狗英国领事馆”是台湾目前尚存的西方近代建筑中年代最久远的一栋，是由英国人设计的。领馆面对西子湾，建在陡峭的半山之中，地势绝佳。走过“之”字形不断叠加的台阶，便会看到一栋两层的红砖房屋。

打狗领事馆号称“全台湾第一栋洋楼”，是台湾第一栋建造完整坚固的洋房。它是在《北京条约》签订后英国人在

台湾建的第一个领事馆。

英国领事馆是一座具有巴洛克式风格的建筑，外观由红墙、回廊与拱门三大元素构成，造型别致典雅，带给人和谐安详的感觉。领事馆融合了中西建筑风格，体现了东西方建筑之美。近年来的研究发现，这个建筑实为领事馆官邸，非办公地点。

站在领事馆高台上，西子湾和中大校园尽收眼底。

英国人可真会选地方啊！

台湾也有冷漠女人

参观完领事馆后，时间尚早。本想在高雄市区逗留一天的计划也就随之取消，那就继续向着垦丁进发，留出时间在那里多做停留吧。

我一向不大喜欢在都市里骑行，车多、人多、路口红绿灯多，找路、问路就颇为麻烦。

还好，凭着多年的经验，认准大致方向，再加上不停地问人，不断地修正方位，基本上没有绕什么弯路就出了城区。

条条道路通罗马嘛！没有地图，没有GPS，总有嘴巴吧。

敢问路在何方？答曰：路在嘴边。

通往垦丁的郊外，一座座化工厂、炼油厂林立。道路很宽，人很稀少，还有单车专用车道。

阴暗的天空，空气湿润，气温凉爽，很适合骑行。我抖擞精神，心无杂念，奋力骑行，准备与时间赛跑。耳边风声低啸，右边的树丛飕飕地倒退。我知道以今天剩余的时间无法赶到垦丁，但我要尽量接近垦丁。那里有美丽的海滨、古老的城墙、迷人的灯塔，更有我心目中的海角七号。多接近一寸，就多一分温馨与安心。

全力骑行了三个多小时，进入一个村庄。看着天色渐暗，我也体力不支。打听到此地有一间小学，就下了主道，拐进村镇。

一条大街横贯东西，街上行人不多，萧条得令我惊讶！难道当地居民都赶回家中吃晚饭去了？

在这条大街上，我晃晃悠悠来回地骑了两趟，竟然没有找到中意的饭馆。那就找个菜市场，买点水果再做决定吧。

这里的菜市场和大陆的没什么两样，有摆卖的固定摊位，也有放在地上售卖的流动商贩。挑选时，当地的家庭主妇同样是挑肥选瘦，拣来拣去的。因为临海，这里海鲜倒是不少。

提着一袋子的火龙果，我推车走出菜市场。飞身上车，还是要找吃饭的店铺。

最后来到一家小店，点了一份快餐便当。下肚之后，居然没有什么反应。也好，再找找有什么特色小吃品尝一下。

“蚵爹是什么啊？”来到一家小店前，对着正在忙碌的一个姑娘，我开口问道。

“就是这个。”姑娘指着正在油锅里翻滚着的肉团说道。

“那个又是什么？”我退后两步，指着旁边的另一个正在平板上煎的东西问道。

“这个是菜头粿。要不要来一份？”

“好啊，各要一份。”我将车停在路边，找了个座位坐下。

“刚才看见你在街上骑车。”正在制作菜头粿的那个姑娘一边熟练地将菜头粿切割成小块，一边抬起头来同我说话。

“啊，我刚才在找吃的。”

不一会，热气腾腾、新鲜出炉的菜头粿和蚵爹就摆在了我的餐桌上。

“嗯，好吃。”我由衷地称赞道。

“你从哪里来?”

“大陆，从台中开始骑行的。今天从台南过来。”

“你一个人啊? 辛苦不?”

“还好吧，习惯了。”

“今晚准备住哪?”

“我想在‘国小’露营，我带了帐篷。‘国小’在哪里啊?”正好借此机会可以问问“国小”怎么走。

“前面不远就是。”

告别两个姑娘后，很容易就找到了当地的“国小”。

电动大门紧锁，里面人影攒动，有市民在里面散步。

我从旁边的小门进入，拦住两位准备离开的中年女子问道：“请问这里可以露营吗?”

“这里不给露营!”一个冰冷的声音回答道。

“请问这里有老师值班吗?”

“没有!”拒人千里之外的口气，不容置疑。

“请问，你们是这里的老师吗?”我再次尝试着进一步问道。

“我们不是。你想露营可以去找派出所啊!”

“现在下班了，派出所没人吧?”

“不会，24小时都有人。”

没想到，这里也有事不关己，高高挂起的女人。看来，台湾也并不是人人都热情、乐于助人啊。来台湾多日，头一回遇到这么漠然的人，居然是女人，还居然是中年女人。通常情况下，这个年龄段的妇女应该是最有同情心、最通情达理，也最乐于助人的。

不过，她说可以找警察帮忙，倒是提醒了我。

“请问派出所在哪?”

“前面不远。”另一个女子用手一指就打发了我。

吃了闭门羹，我并没有气馁，既然选择远行，就必须坦然面对各种遭遇。从进入台湾以来与警察打交道的经验来看，我并不担心今天的露营是个问题。我还真想尝试一下在台湾的派出所过夜的滋味。

找到派出所，我从容地走进去，两个警察在里面闲着无事。

说明来意后，警察让我坐下稍候。他从抽屉里找出电话本，拿起电话开始拨打。

“是‘国小’吗？嗯，这里有一个从大陆来的民众，骑车，今晚想在你们那里借宿一下，露营……嗯，是，他一个人，在我们这里……好的，嗯，5分钟后，他就到了。”

当我听到“民众”二字，突然有点激动。这个称呼，对我来说，曾是那么的陌生。而现在，我突然感到这两个字所赋予的含义，不仅仅是对国民的尊重，更是一种认可。对于来自大陆的我来说，感到无比的亲切，仿佛我也成了他们中的一员。

挂掉电话，警察告诉我说，你现在就过去，大概就几分钟，那里有老师在门口等着。

看来，台湾同胞不给我借宿警局的机会了！

心之从容

帐篷搭好后，想想明天就可以看到期待已久的太平洋了，应该庆贺一下。

我走出校门，遛了一圈回来，手里拎着两瓶台湾啤酒。我坐在操场司令台边。黑暗中，单车、帐篷与我为伴。

厚重的乌云密布，远处的西边隐约传来低沉的雷声，并伴有若隐若现的闪电划过。

我仰起头，灌下一大口啤酒，有种苦苦的味道。

此刻身处遥远的海滨，陌生的环境，我的心在自由飞翔。

一天的经历从繁华到宁静，从都市到乡野，清晰却又有点模糊。繁华过后趋于宁静，疲惫的身躯可以在此得到暂时的缓解。

在路上的时候，我喜欢轻车简行，喜欢“不走寻常路，只爱陌生人”。有人说，旅行的意义并不在于浏览他人，而在于寻找自己。一个人旅行，孤独而内省，能更真实地认识自己、看清自我。远离熟悉的环境和熟知的朋友，在陌生的环境下，一切问题都要你一个人来选择、做决定，一个真实的、强大的自己就会呈现出来。因此，你的内心会变得越来越强大，也越来越从容。

从容是什么？从容就是喜悦后的平静，是遇事不惊，是处事不乱。从容，是积淀，更是自信。

两瓶啤酒下肚，头有点晕，正是我要的感觉。

晚风袭来，我仿佛嗅到了海的味道。

第8天　海角七号在恒春　独战群狗于垦丁

行程：屏东乌龙村—恒春半岛—垦丁（骑行91公里）

我只能出发，只能一直往前走，一定要超越现在的困境，万一发生什么意外也无可奈何。和悔恨地度过一生比起来，还是做完自己想做的事，然后像樱花般华丽地散落比较好！本来，我就是抱着这种决心离开日本，踏上旅程的。

——［日］石田裕辅《不去会死》

车过枋寮

早晨起来后，想着今天就要到达垦丁了，心里小小地激动了一把。垦丁之行是我此次台湾行的重中之重，我跃跃欲试，蠢蠢欲动。

天公却不作美，天色阴沉，乌云当头。前几年，有部热播的电视剧《我在垦丁天气晴》，我却没有这么好的运气。

阴暗的天气并没有影响我的好心情。我迎着晨风上路了。

村头路口处，大幅的宣传广告挂在路边。广告牌上国民党一名立法委员笑容可掬地迎送着人们，很亲民的样子，有名有姓，有图有真相。其实这就是一个简简单单的“祝你路途平安”的交通广告牌，却用这种方式拉近政党官员与普通百姓之间的距离，让民众一目了然，知道自己的立法委员代表姓甚名谁，长什么模样。一旦有什么问题，可以找谁去解决。

快要吃早餐时，又下起了雨，我冒雨骑行来到一个村镇，找到路边一处早餐店，停下来进去吃早餐，捎带避一会儿雨。

这里没有中餐的包子，

我只得点了两份西式汉堡和一份豆浆。走进餐馆才发现，里面居然有一个很大的庭院，敦实粗糙的木质桌椅，没有太多的加工修饰。

吃着早餐，我左顾右盼。雨越下越大，丝毫没有停息的迹象。我索性就多待一会，不急于出发。庭院里杂草丛生，任其自由生长，一切都散发着原生态的气息。原来这里还是一个民宿点，住着一些来来往往的游客。

过了半个多小时，望着没有停歇的雨丝，不能再等了。离开时，卖早点的小姑娘送了一瓶矿泉水，让我带上。

雨中驶过枋寮，我没有看见肥肥的田地里那甜甜的甘蔗和甜甜的瓜，只看到灰暗天际里满目的雨雾和满目的沙。

车过枋寮（节选）

余光中

雨落在屏东的甘蔗田里，
甜甜的甘蔗甜甜的雨，
肥肥的甘蔗肥肥的田，
雨落在屏东肥肥的田里。
从此地到山麓，
一大幅平原举起
多少甘蔗，

多少甘美的希冀！
长途车驶过青青的平原，
检阅牧神青青的仪队。
想牧神，多毛又多须，
在那一株甘蔗下午睡？

……

雨落在屏东的香蕉田里，
甜甜的香蕉甜甜的雨，
肥肥的香蕉肥肥的田，
雨落在屏东肥肥的田里。
雨是一首湿湿的牧歌，
路是一把瘦瘦的牧笛，
吹十里五里的阡阡陌陌。
雨落在屏东的香蕉田里，
胖胖的香蕉肥肥的雨，
长途车驶不出牧神的辖区，
路是一把长长的牧笛。

……

雨雾孤舟

在雨中骑行，我已经看到了前方弯曲的海岸线。狂风中，白色的浪花拍打着海岸。

路边避雨时，后面跟上来一群骑行的少年，还跟着两部后备车。一打听，才知道他们是一帮即将升入高中的初中生，以毕业的名义进行环岛。两名老师跟随骑行，也有家长开车陪同，以提供便利和帮助。怪不得，我刚才还纳闷，为什么他们的后驮包行李那么少呢！

一张张充满朝气而又稚嫩的脸上，有疲惫，更有期待。他们是不是

与父母、老师一样，期待前方的美景，还有期待暴雨的洗礼来见证成长历程？

云层和雨雾开始迅速聚压过来，与山峦上的墨绿色混为一体，让人分辨不清。雨水不停地劈头盖脸而来，狂风暴雨击碎了我高昂的斗志。我仿佛感觉到，内心只剩下一丁点的火苗在奄奄一息，在风雨中摇曳挣扎。也许狂风再加点劲，就会把这最后一丝火苗吹灭。

我的心是灰色的。

满目的雨雾，我只得垂头丧气地骑着，用余光透过模糊的镜片辨认前方的道路，尚存的最后一丝勇气在苟延残喘着。我像大海中的一叶孤舟被任意地肆虐着，随时会被波涛击翻。

身边偶尔驶过车辆，车轮碾过水洼，溅起一道道优美的弧线。这弧线在我看来，像是狰狞的魔鬼，隐藏在曼妙的身躯下，嘲讽我的狼狈不堪，嘲笑我的不自量力。我突然憎恨起乘坐在轿车里的人来。幻想着在舒适宜人的空调车厢内，里面的人舒服地蜷在真皮沙发上谈笑风生，而我却在暴雨中狼狈不堪。

我突然火冒三丈、气急败坏地冲着空洞的雨雾怒吼，用歇斯底里的吼声来诅咒这个被我咒骂了不下八百遍的天气！

我受够了这凄风苦雨，受够了我的苟延残喘，受够了我的猥琐熊样！

我索性甩开膀子，不再畏畏缩缩，不再抱怨！

抱怨，只会暴露你的无能与懦弱，无济于事。

我抖擞精神，撑起无力的皮囊。

我突然像一只丧心病狂的疯狗，好似发现了前方垂涎欲滴的猎物一样，血脉贲张。既然狂风暴雨迎接我的到来，那么，我就要像真正的勇士一样直面惨淡的人生，不畏艰险！

一旦你下定决心，准备与天斗时，老天爷仿佛摸清了你的脾气，知道了你的狂妄不羁，就不再恃强凌弱。

爱情圣地——海角七号

我进入恒春古城，裹挟着肆虐的狂风暴雨。

低矮的楼房，没有经过刻意的修饰，大幅的广告灯箱在风雨中苍白无力。花花绿绿的招牌被雨水冲洗后，显得格外醒目。灯柱上配以古筝形状的造型显得略微滑稽，破坏了这里的古朴。

我在大同小异的古巷里穿梭不停，找到了拍摄《海角七号》的民居。

这个将门牌号码自编为“海角七号”的房屋，位于路口的一角，两层小楼，一个硕大的邮箱立在门口转角处。

雨还在淅淅沥沥地下着，但温柔了许多，不再像乱发脾气的坏孩子，而更像是情意缠绵的弱女子。此时，在这个被称为爱情朝圣地的“海角七号”，雨是不是也想感化前来参观的游客？

《海角七号》是2008年出品的一部台湾电影，这几年我却浑然不知。只是此次为了台湾骑行，才在网上观看了这部电影。

说实话，对于挑剔的外行的我来说，这是一部非常不错的电影。音乐、梦想、爱情，任何一个主题都很吸引人。《海角七号》用虚幻和现实

爱情两条线并行，一方面是迟到了60年的七封情书，一方面则是阿嘉与友子的跨国恋情。

影片中感人的七封情书给我印象深刻。舒缓的音乐声中，浑厚的男中音配上黑白色调，杀伤力极大。

“我想我会把你放在我心里一辈子，就算娶妻生子，在人生重要的转折点上，一定会浮现你提着笨重的行李逃家，在遣返的人潮中，你孤独地站着，你戴着那顶存了好久钱才买的白色针织帽，是为了让我能在人群中发现你吧！我看见了，我看见了……”当离别的情形再现，当一双颤抖的手展开信纸的时候，没有人是不流泪的。

电影《海角七号》热映后，不少影迷疯狂地效仿影片中的情节，给电影中的地名“海角七号”写信，收信人则是电影中的人物小岛友子。现实生活中的台湾恒春邮局为此类信件特制了“海角七号”纪念邮戳，邮戳的图案就是电影男女主角在沙滩上深情相拥的画面。如果你有雅兴，不妨试试吧，或许真的有惊喜出现。

街道上灰色的砖块干干净净。下雨的缘故，游人稀少。

停好车，我走到“海角七号”骑楼下。房屋的女主人正在门前忙着售卖有关电影的明信片、小挂件等手工艺品。

据说，自从电影放映以来，慕名而来的游客络绎不绝，房主人每天除了售卖这些纪念品就不用做其他事了。正屋的推拉门门框上贴着一张纸条“入内参观50元”。如果你想进入房间到二层阁楼的话，就要交纳50元新台币方可进入。

当年拍摄电影时，被友子用鞋子打破的玻璃早已重新装好，上面有日本演员田中千绘的亲笔签名。

“我感觉，怎么好像比电影里的空间小多啦？好像电影里的骑楼空间

更大啊！”我发现了这个问题，就问女主人。

“是啊，电影里没有这面墙啊！”女主人边说边侧转身指着背后的墙说。

原来，电影播出后，慕名而来的游客太多，相邻的街坊也受牵连，不断地被打扰，苦不堪言，于是才有了背后的这堵门板墙隔开。

“那真不是一般人能忍受的。”后来，女主人给我讲述当年拍摄电影的情景，以及后来邻居被骚扰的场面。

带着精心挑选的明信片，加盖了特制的印章邮戳，我离开了“海角七号”。

转角遇到太平洋

雨还在下，时紧时松。出南门，我向垦丁进发。

去往垦丁公园的路很容易找到，恨不得每个路口都有指引，生怕你迷路。

从恒春古城前往垦丁公园，骑行不久，海边出现一栋蓝色墙体，红色屋顶，门前风帆造型的酒店，这就是“夏都沙滩酒店”，也就是《海角七号》拍摄的酒店。夏都沙滩酒店是女主角田中千绘的住宿所在地，也

吸引了大量影迷前来参观。

酒店后面就是沙滩，还有游泳池，应该是当地最高档的酒店吧。

我迅速拐下公路，转入酒店门前的绿化区域。

一名保安拦住了我，询问我是否在此居住，我回答说刚来，先参观一下。对方礼貌地告诉我，这里禁止参观。

我暗暗冷笑，是不是看我踩着单车被雨水浇得狼狈不堪，有损你们的形象啊！

我不甘示弱，更不想就此狼狈逃窜，就理直气壮地问道："怎样入住这里啊？"

保安用手一指他的身后说："请到那里登记，办理手续。"

于是，我大摇大摆地踩着单车穿过绿化区来到旁边的楼房，中间不忘从两栋楼之间的空隙中窥望后面的沙滩和海域。

我装模作样地询问门口的侍应生，这里房价多少钱。对方却对我说，您预订了吗？我回答说没有。对方说，对不起，今天客房已满。

意料之中啊！这才应该是夏都沙滩酒店的现状啊！

垦丁位于台湾省屏东县，东临太平洋，西靠台湾海峡，南望巴士海峡，是台湾的天涯海角。垦丁公园三面环海，是台湾唯一涵盖陆地与海域的森林公园。这里终年气温暖和，热带植物衍生，四周海域清澈，珊瑚生长繁盛。

前几年，获得奥斯卡大奖、由李安导演执导的《少年派的奇幻漂流》里多个场景就是在垦丁拍摄，更是增加了这里的人气。

这里一派热带海滨风光，四季恒春，树木常绿，鲜花不败，加之碧海青天、黑色的珊瑚礁、洁白的沙滩、蕉风椰雨，共同构建了热带海滨景致，被称为“台湾的夏威夷”。

可惜，我来到垦丁，刚好赶上台风来袭，没有蓝天、没有碧波，有的只是凄风苦雨、狂风海啸。

“垦丁”的由来源于清光绪三年（1877年），清朝招抚局自广东潮州一带招募了大批壮丁到此垦荒，开启了当地的发展史。为了纪念这些筚路蓝缕、以启山林的开“垦”壮“丁”，就将此地命名为“垦丁”。

狂风中，道路两侧的椰树随风

摇曳，偶尔出现几栋简朴的砖瓦民居点缀在绿色之中，一幅南国乡村风情。

垦丁最著名的就是它的地形景观，大致可分为东、西两部分。西部以台地和珊瑚礁断崖地形为主，海崖上遍布裙状珊瑚礁；东部则包括了山峰、珊瑚礁、蹦崖、裙礁、石灰岩洞穴、贝壳沙滩等地形。其中珊瑚礁石灰岩以及伴生的地貌，是垦丁地形最大的特色。

遍布恒春半岛海岸的珊瑚礁，受到风雨侵蚀，形成许多奇石怪岩，成为垦丁的招牌景点。其中最为著名的是猫鼻头、船帆石。

垦丁是年轻人聚集的旅游胜地，有沙滩、森林、海洋、湖泊，游乐项目包罗冲浪、潜水、卡丁车、音乐节……由于是旅游胜地，旅店业发达，各种海景房鳞次栉比。

垦丁公园有多处供游客戏水的海湾。风雨中，洁白的沙滩上还是有一些游客不惧风雨在海浪中嬉戏打闹。

在雨中骑行，我无法悠闲地寻找景点。沿着公路骑行，应该是先看到猫鼻头，但我却没有留意到。等远远地看到海岸边不远处的海水里一块硕大的岩石耸立之时，我立刻在头脑中反应出来：船帆石。

它独立雄峙在海岸边，很难不被吸引。船帆石高50米，周长40米，上面长满野草、野花和灌木。许多鸟儿在此栖息筑巢。这块礁石远望像一张船帆，但近看，宛若侧脸的形状，不少人说就像美国前总统尼克松的头部。

太平洋的味道

站在船帆石海滩处，就可以望见远处海角半山腰上白色的鹅銮鼻灯塔。

鹅銮鼻公园不让单车进入。我停好单车，购票进入。

鹅銮鼻位于台湾最南端，公园内为珊瑚礁石岩地形，且动植物资源丰富。鹅銮鼻灯塔位于台湾最尾端，高18米、周长110米，目前已列为史迹保存，也是垦丁公园上最醒目的标志。

公园内绿草如茵，沿着石板走入公园，缓坡上的白色灯塔被白色的围墙保护，在绿草中格外醒目。围墙、孔屋、灯塔就像是海洋中的舰艇一样雄壮威武。

灯塔建于1882年，为了海上航行安全，清政府特聘英籍技师设计兴建。初建时经常遭受当地原住民的侵扰，所以塔基筑有炮台，护城壕沟，围墙开凿有炮眼。建成后有士兵守卫，是世界上少有的武装灯塔。日据时期，清军撤离时曾把灯塔炸毁，后来重新修建。第二次世界大战因其地理位置重要而屡被轰炸，1945年后依原样修复，保存至今。塔高21.4米，内设大型四等旋转透视电灯，每30秒旋转一周，可见距离为20海里，享有“东亚之光”的美誉。

参观完灯塔，迎着海风，我走下草坪，沿着崎岖的小路走入伸入太平洋的一片茂盛的热带雨林。潮湿的气候孕育了有着巨大根部的宽叶树木。

公园内通向太平洋有一处缺口，没有任何的植物阻挡视野。我更相信这是有意人为的豁口。从这里望去，是巴士海峡，左手边是太平洋，右手边是台湾海峡。一样的天空，一样的海水，只是人为地划定了看不见的界限。

游客因为风雨的缘故，参观完灯塔就打道回府了。我独自一人步入雨林，在湿滑的石板上小心翼翼地穿行。寂静的林中，雨水穿过层层树叶滴答落在地面上，不时灌入我的衣领中。有些粗大的枝条低垂，横挡在小路中间。我必须弯腰低头才可以通过。

穿过这片雨林，来到汹涌的太平洋边，我有种莫名的冲动。此刻，我离太平洋是如此的近。虽然乌云密布，怒涛翻滚，但我决定不畏风雨，准备冒充一次文艺青年。

我试探着踩在珊瑚礁上，一步步地靠近太平洋。

终于在一处坚硬的礁石上站稳，周边黑色的珊瑚礁，怪石嶙峋。我闭上双眼、慢慢张开双臂。我用力深情地呼吸，想陶醉在这海天一色之中，却换来一身乃至满嘴的海水。咸咸的，太平洋的味道！

勇斗群狗惊魂魄

其实，今日骑行还发生了一件惊心动魄的事情。

进入垦丁公园后，我冒雨骑行，一边左顾右盼观赏着两边景色，一边不时打量路边是否有适合露营的地方。

许多路段通往海滨处都有一片片还算茂密的树丛，处在公路与海岸线之间，白沙铺地，似乎有一些房屋隐藏其间。每当看见这一处处天然的露营地我就在心中琢磨，是否可以在此安营。我唯一担心的就是在这里露营是否安全。

美中不足之处就是，经过雨水的冲洗，树丛中的沙土地面潮湿。还好，下午时间还很充裕，我继续寻找满意的落脚点。

很快，我发现右手边的几座房屋隐藏在树丛中，地上还有青青绿草，院落似乎还挺大。

我右拐从主干道上下来，兴冲冲地向里面骑去。

突然间一阵犬吠，院落里蹿出来几条浑身漆黑发亮的拉宾犬，个个修长的四肢，健美的身躯。它们龇牙咧嘴，不停摇晃着尾巴。个别凶恶点的恶狗前肢弯曲，后肢弓紧准备进攻了。它们嘴角有节奏地颤抖着，随时都会弹射出去，进攻我这个冒犯者。

我心头一紧，头皮发麻，后背阵阵冷气袭来，一时竟忘记了呼喊。

我屁股马上从车座上下来，双脚着地，横跨在横梁上。我紧张地向树丛中的房屋望去，希望狗的狂叫能够唤来主人的出现，进而制止这群对我一点都不友好、随时准备对我发动攻击的恶狗。

可是，房屋紧闭，除了狗的叫声，就剩下风雨声。

我收回视线，马上环顾左右地面，紧张地到处寻找打狗用的石块。可是平整的沙地上，除了几片落叶，什么也没有。我长叹一声，哪怕是从树上落下的树枝也好啊。

恶狗也许看到我头戴头盔，身穿骑行紧身衣、胯下一辆“铁马”，后面还插着一面旗帜，怪异的装扮迷惑了它们。它们只是在原地不安地狂吠着，龇牙咧嘴。

我们相互对峙着，都没有采取主动的进攻。我相信狗是很有智商的动物，它们在静观我的一举一动。

我暂时也不敢有丝毫的举动，生怕一个小小的动作就会激化恶狗们的情绪，惹来它们群起而攻。

恶狗当道，我已经不再幻想在此扎营，只想着如何化解险情，全身而退。

逃跑，是万万不可能的。在这种情况下，后撤逃跑的后果，只会招来这群恶狗的乘胜追击，而我肯定拼不过它们的速度。

正当我用眼睛余光满地搜寻打狗的应手家伙时，隔壁的一条狗听到动静也从我身边的篱笆院内跑了出来。其身躯更加庞大，同样皮毛油光发亮，同样龇着獠牙，凶恶的模样丝毫不输于前面的几条。

身后恶狗的加入，似乎鼓舞了前面恶狗的斗志，它们狂躁地左右乱窜，几只打头阵的恶狗准备发起攻势了。

形势明显对我不利，我绝不能再坐以待毙了。

我跨下单车，从后驮包的外挂绷带上拔出打气筒，拎在手里，目光、双手同时触及到了后架上的旗杆。尽管旗杆比大拇指粗不了多少，但毕竟旗杆将近两米长，上面还插着一面大旗。刚才一紧张，竟然忘记了身后这些家伙。

我横放着单车，将前面的狗群隔开。我怒吼了几声，给自己壮胆。歇斯底里的声音立刻让我热血沸腾。我尽量把动作搞得很夸张，虚张声势地挥舞着手中的打气筒，对准最先蹿来的一条大狗用力地掷出。大狗躲闪不及，命中后腿处。

受挫的大狗嗷嗷叫唤两声，一蹦一跳地退到一边。突如其来的变故，还真恐吓住了其他恶狗。它们呆愣在那里，暂时不敢上前，嚣张气焰褪去几分。

吓退前面这群恶狗，暂时稳住了阵脚。我士气大振，调转方向对付身后这个过来支援的恶狗。

面对危机时刻，我也豁了出去，不是鱼死，就是网破。

我解开紧裹着的旗帜，然后双手握着旗杆，紧跑几步，对着恶狗疯狂地舞动起来。我以杆当枪，左右搅动，使出“拦、拿、扎”的招式，逼得恶狗步步后退。

我可没有心情陪你玩，我要速战速决。

我大吼一声，举起旗杆，来了个“力劈华山”，向着恶狗身前的地面用力地劈了下来。“啪”的一声，细沙飞溅。我并不想伤害它，只想一定要把动静搞大，吓退这只恶狗。

这招还真管用，恶狗低声嗷嗷叫着，耷拉着尾巴逃回了原来的篱笆院里。

我手中拿着旗杆，再次调转过来。此时，我早已怒发冲冠，血压急剧上升，心扑扑乱跳。我想此时的我肯定是五官移位、面目狰狞。我情绪激动，因为刚才用力过猛，更是因为神经过分紧张。

再次面对最初的那群恶狗，很显然我已经占了上风，看着它们犹豫不决的样子，我再接再厉，拼命地挥舞着旗杆。裹着风的旗帜发出呜呜的声响，迷惑了这群恶狗。

两只恶狗率先调转头，悻悻地跑掉。其他恶狗也纷纷加入溃军之列，撤出了战场。随后它们慢慢再次汇拢在一起，站在远处安全地带静静地观望着。

我喘着粗气，捡回打气筒，推起单车。

此时，我还不敢大意，担心恶狗还会反扑过来。我推着单车一步一回头，时刻观察恶狗的动静。

回到主干道上，又见人影晃动。突然，我双腿发抖，双手竟也扶不稳车把。

我冷汗直流，胸口发闷，感到胃里阵阵痉挛。我大口大口地喘着粗气，缓解紧张的身心。我无法走动，只得将身体趴在车把上，停歇下来让自己喘息片刻。

温暖的庇护

晚饭后，我还是冒雨返回原路，在繁华的街道两侧寻找安身之处。

夜幕开始降临，凄凉的冷风不停地灌入我湿透了的身躯。华灯初上，街道上基本没有什么游人。远处高档的酒店灯火通明，莺歌燕舞，却与我无关。

我心情沮丧到了极点。

我头脑一片空白，脑袋空空荡荡，只有转动的车轮才证实我的真实存在。我麻木地像幽灵一般游荡在陌生的街道。左手边的太平洋潮水开始上涨，浪潮借助狂风不断地冲击岸边的礁石，伴随着撞击声溅起层层浪花。

正当我决定返回鹅銮鼻公园，准备在售卖廉价、劣质旅游商品的商店前露营时，路边一处敞开的大门让我激动万分。这是台湾最南端的“国小”校园。我还以为这里没有小学呢。

推车进去，空无一人。停了单车，进入唯一的一栋只有两层的办公兼教学楼，漆黑一片。借助昏黄的天光，我看见教学楼前的操场杂草丛生，墨黑色的山体影影绰绰。

我壮着胆子，大声询问是否有人，担心这无人的院落里隐藏着看家护院的恶狗。

没人应答，也无犬声回应。我喜忧参半。

返回单车旁，把手电筒拿在手中。我循着手电光在教学楼里查看地面的情况。

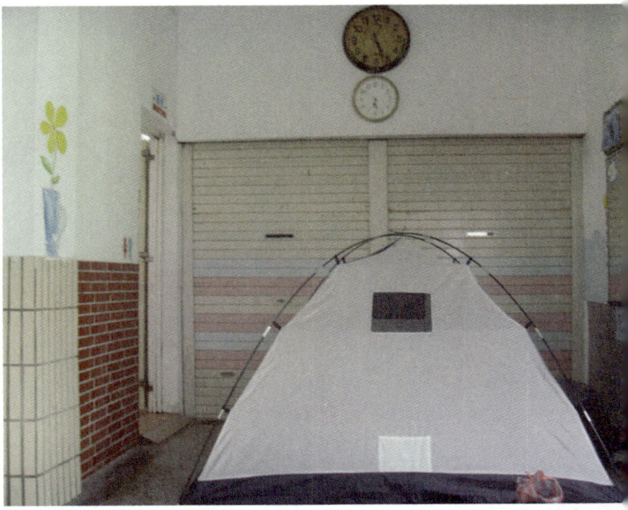

一楼的走廊里没有干爽的地面，我沿着楼梯准备到二楼看看情况，可惜铁门紧锁。我只得在一楼楼道里想办法了。

在拐角处，只有一片不大的地面还算干爽，刚好可以容下我的帐篷，只是正对着厕所。这里是一个死角，雨水没有飘进来。

我没得选择，只能是这里了。

我将单车推进来，卸下行李。驮包的防雨罩里都积存了雨水，殃及了里面的衣服、睡袋。还好，我所有的物品都是用服装塑料袋包裹着，不是很严重。

收拾停当，我再次来到海边，聆听涛声的怒吼。天黑了，我有点恍惚，分辨不出面对的是否是广袤的太平洋。远处岬角的点点灯光像是稀落的农庄。

只有倾听海涛拍岸声，我才确信身处海边。

终于裹着睡袋躺在帐篷里，我长长地吐出一口气。外面的雨水小了，但风力不减。我思绪万千，百感交集。一天的疲惫、惊恐、绝望都已过去，小小的帐篷给了我温暖的庇护，我依然毫发无损。

末日终将过去，太阳还会照常升起。

对了，希望明天可以有个好天气，能够看到太平洋上空的日出。

我幻想着日出东方，光芒万丈的情景。我敢肯定，在浩瀚的海面上升腾起一轮红日将是无比的壮观。

第9天　绿野仙踪天涯角　大雨滂沱陡峭峡

行程：垦丁—台东县达仁乡安朔村（骑行88公里）

旅行可以和年纪无关，可以与收入无关，你关不住心里对世界的好奇心，就关不住对旅行的渴望……我没有把旅行当成一个职业去做，而是作为一种循环的封闭生活的突破口。我觉得可能更多的人像我一样处于这种状态，并没有习惯于旅途，而是通过旅途去发现，慢慢地最终爱上它。

——刘畅《搭车去柏林》

海风相随

早晨醒来，我精力充沛，完好无损。

起身收拾帐篷时，从旁边的办公室里走出一位教师模样的年轻人。互问早安后，他拿出一部相机，要求一起留念。于是他伸长了左手，高高地举着相机，玩起了自拍。

随后我被邀请进入办公室，在一个记事本上留下大名。

原来，他作为留守值班教师，要对假期间在此借宿人员进行登记。呵呵，不曾想到，一不小心就在台湾最南端，不仅留下了足迹，也留下了芳名。雁过留声，人过留名啊！

谢别之后，骑上单车，我带着自由梦想上路了。

天光微亮，昏黄的路灯半死不活地亮着。空荡荡的街道经过一天一夜雨水的冲洗，一尘不染。

广阔的海洋恢复了宁静。昨天，她还似一个稍不顺心就乱发脾气的少年，现在又变回了乖巧的模样在沉睡。

我安静地骑着，没有打扰沉睡中的垦丁。

遥望远处洁白的灯塔，我在心中默默与她告别。

岔路口左拐，车头正式指向北方，开始了台湾的东线之旅。

狭窄的道路两边是茂密的树丛。微风拂面，空气清新，我心情舒畅。

正当我忘情地沉醉在清晨的安详、宁静氛围中时，突然感觉右前方的树丛中有动静。树枝乱动，身影乱窜。一大一小两头梅花鹿探出脑袋来，警惕地在东张西望。当看到我这个孤独骑行者时，它们马上退缩到树丛中，不见了踪影，像两个玩“躲猫猫”的小孩子一样令人发笑。

“绿野仙踪”，脑海中一瞬间就蹦出这个词来。是啊，这些精灵才是大自然的主人啊！

穿过这片茂密的丘陵地带，来到高处，眼前豁然开朗。刚才的灌木丛阻挡了两边的视线，只能看到前方弯曲的小道。而现在，太平洋的海岸美景，狠狠地给了我一个重击，将我打得目瞪口呆。

浩瀚的太平洋安详地延伸到天际边，海岸线划出优美的弧线。

我搜肠刮肚，准备用最美的词汇来形容眼前的景色，却只从嘴巴里蹦出一句：“啊，大海，你真美！”

生长在中原内地的我，年少时没有见过山，更没有看过海，对文人墨客笔下描绘的山山水水总是充满无限的遐想和憧憬。那时的我总是叹

息自己的渺小与无知。因此，也就有了我对山水的情有独钟。

耳边海风低吟，海浪有节奏地拍打着海岸。一拨拨的海浪冲向岸边，吐出白花花的泡沫，旋即消失在沙滩上。未来的几天，我将与大海为伴。我神清气爽、心旷神怡。我要在这山水间尽情飞翔，以梦为马，驰骋天涯。

再次上路是在海风渐起之时。

车过佳鹅公路旁的龙盘公园。这里是一处隆起的珊瑚礁所形成的石灰岩台地。正因为石灰岩的溶蚀作用，造成裂沟、渗穴、石灰岩洞等奇特的地形景观，而使此地成为垦丁国家公园的四大景观之一。

我登临海崖，面向广袤的太平洋，视野开阔。一旁的绿地、广阔的海景、远处碧绿的青山，毫不吝啬地尽收眼底。

其实，过鹅銮鼻公园左拐，在太平洋的西海岸线，还是有不少的奇特景观。只是人们都涌向垦丁公园海角，对于这边，却少有游客前来游玩观赏。

这里四周无屏障，据说晚上无光害，是观星赏月的好场所。这里更是占尽天时、地利，是难得的同时可以欣赏日出与日落的绝佳之地。

这里仿佛是世外桃源，没有喧闹，只有满目的美景。

这里另一个奇观是“风吹砂”。

风吹砂是因长期受河流与风力的侵蚀而形成砂河、砂瀑的特殊地形景观。每当雨季来临时，雨水总是会将部分的砂石由地面冲向海岸而形成如今的砂河。但是等东北季风一来，又把砂石吹向地面，就这样在一来一往之间形成了狭长的特殊砂流景观。

悠然南山下

早餐是在一个流动的早餐车旁解决的。当时我正迎着朝阳掠过一个村庄，这时悠扬的乐曲从一辆由远而近驶来的小型货车里传来。

这是一辆售卖早餐的流动车，在台湾地区很是常见。村民闻声而出，站在街道边等候。流动餐车走走停停，悠然自得。

自从入台以来，不知从哪天开始，我很盼望早餐时光的到来。在这里，你不必担心馒头里是不是添加了有害的色素，包子里的肉馅是不是安全卫生。每当我饥肠辘辘之时，点上几个包子、馒头和豆浆，在热气腾腾、氤氲香气之中，享受进餐的美好。吃不完还可以打包带在路上，可以随时就地解决。

一名金发碧眼的外国小伙骑着公路车经过，我飞身上车，尾随其后。他也是独自一人，只是我很诧异，他没有任何的行李。莫非他只是游山玩水，非我族类？

当我再次看见他时，他正在一个小摊前吃早餐。我飞驰而过，只留下风一般的身影。

弯弯曲曲的乡村小道，两侧是阡陌交错的稻田，几个当地的村民在劳作。蕉风椰林，青山绿水。这里远离闹市，没有喧嚣的人群，没有轰鸣的机器，一切都是那么的自然而和谐。

一条清澈的小溪流出山涧，流淌于青山翠岭之间。几头壮实的水牛沿着溪流由近及远地慢悠悠地啃着水草。我在桥头驻足张望，近处的一头水牛抬起头来，扭转笨重的身躯回望过来。我望着这美妙的田园风光，低声浅吟。我突然心动，陶醉于这种“悠然见南山”的田园生活。

我以轻松愉悦的心情骑行，不追求速度，不硬撑体力。面对这样的场景，这样的恬静，对我而言，已经足够。在路上，我追寻的就是这种风情。自然的，也是最美的。

许多人以为，旅行只是按图索骥，遵循别人的足迹，匆匆地把风景框在相机里。如果以为这样就可以达到旅行的目的，这只能是一件可惜的事。

泄露军事机密，后果很严重

骑行间，前方又有新情况。在并不开阔的公路上，迎面驶来一列列的军车。整齐划一的车辆、绿色的伪装，车门上印着青天白日满地红旗，后车厢里还有荷枪实弹的士兵。呵呵，是不是在拉练啊，后面几辆车还拖着高昂炮筒的野炮。

我停车拿出相机，抬手就是一阵乱拍。正当我得意忘形之时，这些军车突然戛然而止。从就近的一辆军车上跳下几名士兵，向我跑来。

我心中大叫不好，想飞身上车，却又怕他们在毫不警告的情况下在我背后打黑枪。

“你是干什么的？这里禁止拍照！”

我本想装聋作哑隐瞒我的大陆身份，担心他们把我当成大陆间谍。可是，我知道怎么可能隐瞒得了。面对黑洞洞的枪口，我额头冒汗，后背发凉，尽量不让声音听起来发颤：“我从大陆来，正在骑车环岛。”

“你为什么要拍？这是机密！”

没等我开口辩解，不由分说，我被推搡着上了一辆军车。我立马被五花大绑、嘴上封上封带，眼睛蒙上了黑布。我眼前漆黑，紧张得浑身发抖。突然间后脑钻心的疼痛，然后就失去了知觉。

……

以上内容纯属我的个人臆想。就在军车驶过的一两分钟时间里，我想拿出相机拍照。但是，我顾虑重重、犹豫不决，脑中快速地浮现出刚才的情景。我最终还是按捺住拍照的冲动，停在原地未动。为了不给自己添麻烦，我还是老老实实走自己的路吧。

做慈善的可爱女生

路过港仔村，在一处凉亭里，几名身穿粉红上衣的女生向我挥手。我来到凉亭，停下单车。她们是一群在校生，准备为实现一所特殊学校的学生心愿，售卖明信片来募集经费。桌上打开着的手提箱里放满了一摞摞的明信片，桌上也摆了很多。

听了她们的介绍，我立刻表现出来极大的兴趣。我一边欣赏她们制作的明信片，一边询问活动的一些情况。当得知我从大陆来，愿意以微薄之力购买一些明信片以帮助她们实现心愿，并表示可以交换我自己带

来宝岛、也是我自己在网上订制的明信片时，她们兴高采烈。

她们拿出一张明信片，在背面一一写下祝福我的话语，送给我，希望我旅途平安快乐。

渐渐熟络后，一名可爱的女生对我说："我能不能骑你的单车试试。"

"好啊，只是你要小心，行李很重，很难骑的。"

在一名男生的帮助下，她晃晃悠悠地骑上单车。由于载物太重，她一个人骑的时候，车把抖动得厉害，随

时都有可能跌倒在地。她难得把单车骑得颤颤巍巍，场面颇为滑稽。

风越来越大，前路漫漫，我不能再做过多的停留。告别青春洋溢的台湾学子后，我顶着海风继续赶路。

我沿着海岸线骑行，右边是太平洋，左边是茂密的大山。

陆陆续续，我不断发现左手边的山体上不时出现有着斑驳墙体的绿色建筑。依我的判断，这些建筑定是国军废弃的军事工地。据说在花莲、宜兰等地的中央山脉隐藏着很多被掏空了的山体，里面肯定有着众多的军事机密。

我无暇顾及这些东西，快速地骑行，因为海面上乌云密布，野风吹劲草，又是一场暴风雨要来袭的征兆。

选择自由

今天有两个意料之外。一个是暴风雨继续来袭；一个是我还要不断地翻山越岭，痛苦地爬坡。

大雨来袭之时，我快要进入一个村庄了。豆大的雨珠落下，我看到了前方不远处的村镇。没有停车穿上雨衣，我一鼓作气飞速驶进村子里。

等找到一处门前搭着遮阳棚的小超市时，我已浑身湿透。

接近中午，正好吃饭避雨。

凉棚下，我吃着水饺，望着外面瓢泼的大雨，望雨兴叹。

顷刻间，流瀑飞溅，溪水奔腾。

雨啊雨，你快点走啊！你为何不解我心情？

昨天，你已经蹂躏了我，今天还不放过我，还要继续糟蹋我不成？

眼前不时出现一辆辆的旅游大巴。这里是连接台东和垦丁旅游景点的必经之路。

透过模糊的车窗，我看到一张张游客疲惫的脸。他们是一批批的旅游团，在导游的带领下，不断地重复着“上车睡觉、下车撒尿、到景点拍照，最后回到家啥也不知道”的模式。他们也许不必经历路途的艰苦，不用遭受风雨的肆虐，但他们一定会错过更多的风景。

在工业式的团体旅游模式下，旅游产业分工明细、环环相扣。食宿、景点和旅行社相互依托，导游、游客互为依赖。游客没有自主选择的权利，没有说走就走，说停就停的自由。旅游品质的好坏、旅游的深度和广度就很依赖你所交的团费和所托付的旅行社的职业操守了。大多数导游练就了一副油腔滑调的口才，说着半荤不素的段子，编造着无中生有的桥段，以此博得游客的喜悦，赢得游客的好感，为的是带领游客多去几个购物景点，让游客乖乖地掏出大把的钞票，肥了商家，肥了自己，却损害了游客。

由于两岸的特殊关系，我所选择的自由行，只有15天的时间。在这么短的时间里，我也只能走马观花、蜻蜓点水般地掠过宝岛。但我可以在力所能及的情况下，做到一定意义上的说走就走，说停就停的自由。

选择这么自虐性质的骑行，源于我内心对大自然的向往，对宝岛的憧憬，对自由的追求，以及对生命的敬意。

加油！

午饭后，看着雨势渐小，我决定继续冒雨骑行。

浑浊的山洪水在路边的水渠里汹涌而下，在拐角处更是掀起层层的水花，翻滚着。

我收回迷离的目光，不再顾及这些情景，集中精力冒雨前行。

山路不断地弯曲延伸，太平洋早已被大山阻挡，不见浩瀚的水面，

只有眼前白花花的雨水。山路两边树林茂密，人烟稀少。我在想，在晴朗的日子里，这里必定是鸟语花香。可惜现在的我体会不到，感受不到，更享受不到。

身后骑来一辆单车，正是早上遇到的那位老外小伙。他超越我时，转头对着我蹦出一句中文：“好辛苦啊！”

我不明白他是说我和他雨中骑单车爬坡辛苦，还是说我一个人载着这么多的行李雨中爬坡辛苦，或许两者都有吧。

我铿锵有力地回了他两个字：“加油！”既是对他的鼓励，又是为自己打气。

很快，看不到他的身影。他没有任何行李，又是公路车，我根本无法跟上他的速度。何况，我也没有要与他一起骑行的打算。

我又一个人埋头拼命地骑行，大腿已经酸痛，体力下降。所有的迹象表明我又一次疲惫了。

还好，雨慢慢停了。我也要休息一下了。

从随身的小包里翻出早餐吃剩下的馒头，我就在路边啃了起来。除了冰凉之外，馒头依旧松软、香甜，口感还是那么好。也许是饿了的缘故吧。

休息了一会，雨珠又像豆粒般砸了下来，迅速将我再次包围。

我手忙脚乱，心烦意乱。躲又无处躲，藏更没处藏，只有冒雨继续吧！

上车之前，用手擦了一下满是雨水的脸，我还不忘对着空洞的天空骂了一句！

再次休息时，我像一只落汤鸡一样冲进一个铁马驿站。

这是一个岔路口，驿站前停着几辆过往的轿车。我身体有点发抖，急需寻找一处地方躲避一下，暖暖身子。

这个地方叫“寿卡”，一个很重要的骑行驿站。一楼的角落里，布满了密密麻麻的留言板，都是专为徒步环岛、单车环岛人士开辟的。

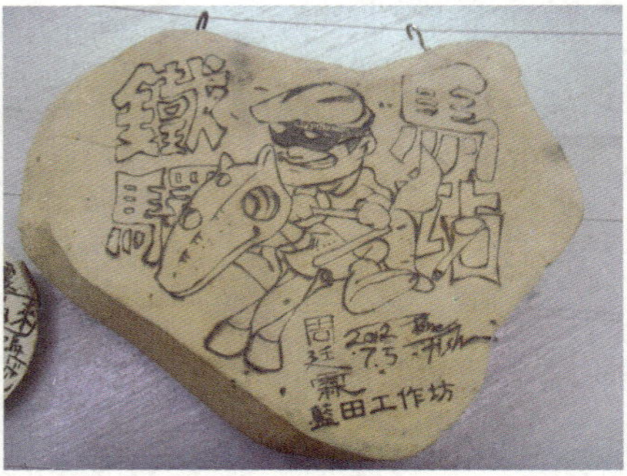

上洗手间、接热水，完成这两项规定动作之后，我依然惊魂未定。

一楼是接待的地方，只有几个在此避雨的路人，没有见到工作人员。我身上滴淌着雨水，不好意思来回走动，就坐在一张凳子上喝着热水暖暖身子。

冲！冲！冲！向前冲！

雨势不减，望着窗外，我突然惊慌起来。下午的时间已不多，体力又消耗的太大，我必须开始考虑晚上的落脚点了。

这里显然不可行。这里前不着村后不着店，没有饭店，也没有便利店。进来之后，一直就没有见到工作人员。我很快就否定了这个方案。只能继续向前冲，只要见到村镇就有希望了。

认准方向，我不想过多耽搁时间，就再次冲进雨中。

在岔路口右拐，居然开始下坡。我还没有来得及高兴起来，就发现了一个严峻的问题。

单车刹车因为雨水的缘故，有点失灵。我必须打起十二分的精神，注意力高度集中。在快速下坡中，我瞪大了双眼，努力辨清前方的路况。这个时候出意外，后果不堪设想！

这段山道修修补补，我尽量靠右骑行，以便在并不宽阔的道路上留出空间让轿车、卡车通过。

当有车辆经过时，免不了溅我一身的雨水。我本已内外浑然一体，再溅一身也无妨。无暇顾及这些，我心中只有一个信念：冲、冲、冲，向前冲！我要冲出暴雨的包围，冲进村庄、冲进国小，冲进今晚的露营地！

但雨势并没有减小，我低估了老天爷的能量。

十几分钟后，我不敢再冒冒失失地在雨中骑行。体力的下降也意味着危险系数的增加。

我的眼睛不再盯着村庄，我开始寻找路边可以避雨的地方了。雨真大啊，我有点吃不消了，必须、立刻、马上找到一个地方避雨。

终于看到前方有一个凉亭，我毫不犹豫地冲了进去。地面上都是积水，我停好单车，只得站到木凳上。鞋子里早就灌满了雨水，双脚浸泡在里面，憋屈得难受。我索性脱掉鞋子，光着脚丫踩在凳子上。

这是一处观景台，供游人在此瞭望、休息。望向蒙蒙的雨雾，我已看不清远方的海面。

避雨中，一名年轻的小伙子骑着单车从坡下上来，也迅速躲进了这个凉亭。我赶紧打听下面的村庄有多远。他告诉我说只有几公里的路程，都是下坡。

很快他的同伴也骑

了上来，也躲了进来。他们拿出手机开始打电话，似乎在询问后备车在何处。他们准备放弃这段路的骑行，坐车过去。

他们拥有全套的高端骑行服，高配置的公路车，没有行李，却准备放弃。

看着他们在拆卸单车，我的军心有点动摇了。

其实，我没得选择，我根本就没有退路。我不可能像他们那样有充足的后勤保障。我孤身一人，身处遥远的他乡，一切都要靠自己。

出发前，我就做好了决定，不留后路。我就是想要创造这种将自己置之死地而后生的境地。再大的困难，除非不可抗拒的外力，我都要咬牙挺过去。

我在心中仔细地来回盘算着，这种恶劣的天气算不算不可抗拒的外力。它尽管来势汹汹、劈头盖脸地给了我下马威，但似乎还没有将我打倒在地，我还是一个活蹦乱跳的大活人。除了有点饥饿和寒冷，我毫发无损。

雨小了，我有了再次上路的劲头。其实，最主要的是可以露营的“国小”就在不远的前方向我招手。

我挣扎着再次冲入雨中，一鼓作气骑行到了一个小村庄。

来到村庄询问哪里有“国小”，一位中年妇女告诉我，“国小”不在主干道上，必须拐进一条小道，大概4公里就可以看到。

敢情“国小”不在这里啊！我极不情愿地拐下大道，一边骑车一边不停地安慰自己：快了，再坚持一会，马上就快到了。

台东沿海的山区居住着台湾的一些原住民，属于少数的部落民族。在乡间小道边，我看到他们用于庆节日、贺丰收的祭祀场地，旁边的山岩上还清晰地描刻着他们民族的原始图腾和宗教信仰图案。

前方出现房屋，很容易就找到了“国小”。一个操场、一栋连体的两层教学兼办公楼，就是这所小学的全部。我从侧门而入，站在操场上，一切一览无遗。

一楼的一间办公室居然开着门。我来到门前，试探性地询问有没有人。

面对着从里面出来的年轻女教师，我询问这里可否搭帐篷。她看着我犹豫了一下，就问我想在哪里搭帐篷。可能是她不想让我在教室里借宿搭营吧。

我赶紧指着旁边一楼的走廊说，可不可以在一楼的楼道里搭营。

在她同意之后，我问道："这里附近有没有吃饭的地方？"

"这里没有。你想吃的话，只能往回走，到路边的饭馆吃饭。"

图腾·民族之舞

我不得不再折返回大道找了一家小饭馆，吃下一份便当之后，居然没有感觉。在路边看到有"7-11"便利店，我便进去打算寻找一些吃的。

台湾地区的便利店遍地都是，只要有村庄就有便利店。更便利的是，便利店的门前屋后都会有比较开阔的地方，便于顾客购物停车。

这家便利店的停车场已经停了几辆大型旅游巴士。不用分辨，看举止、听动静就知道这些游客都是从大陆来的。他们中途停车休息，顺便在便利店里买点零食消遣解闷。

走进便利店时，里面的食物差不多已经没了。我巡视了一圈，决定买块烤红薯充饥。

再次来到台东县达仁乡安朔"国小"，人已去楼已空了。

我要抓紧时间，赶在天黑之前安顿好。一楼的走廊刚好容下我的帐篷，地面还算干燥，这要感谢风没有吹到里面，不然走廊的地面也要遭殃了。

在搭帐篷时，我一直心有芥蒂。一楼的几级台阶上画着一些动物图案，水池上画的也是，居然有我最惧怕的软体动物，估计是这个原住民族的原始图腾。我只能默默在心中祈祷，晚上露营时，这个神灵千万不要钻进我的帐篷里。

旁边教学楼一楼的教室门特意改为木板门，上面雕刻着人物图案，墙壁上雕刻着这个民族原始祖先辛勤劳作的情景。

这一点挺有意思。对于当地的小学生来说，在主流文化的冲击下，置身于这样本民族的习俗场景中，有助于保存本族文化。

搭好帐篷，躲在水池后面洗完澡，然后洗完衣服，我终于可以安心地躺进帐篷里。这时，不远处传来强劲的音乐，还有人在高音喇叭里广播。

这种乐曲不是我常听到的流行曲调，我判定应该是这里的原住民的民族乐曲。我马上来了兴趣，从帐篷里爬出来，拿着手电筒，循着声音找到了源头。

一个大大的风雨球场，一些男女老少正在场地中央随着音乐跳动着舞姿。里面有一个舞台，上面有一个横幅，上面写着“台东县达仁乡安朔村102年度收获庆祝活动”。按照公历，正好是2013年。原来，他们正在准备丰收庆典活动。

我饶有兴趣地看了起来，中间不时有人加入，又有人退出，领头的人卖力地带领着众人练习。随着乐曲的转折起伏，他们时而以散点站位，动作整齐划一，时而手拉手围成圆形劲舞，时而两两结合翩翩起舞。他们穿着随意，高矮胖瘦不一，男女老少皆有，真是全民总动员啊！

第10天　释迦便当皆美味　浮潜露营印象深

行程：安朔村—台东—绿岛（骑行85公里）

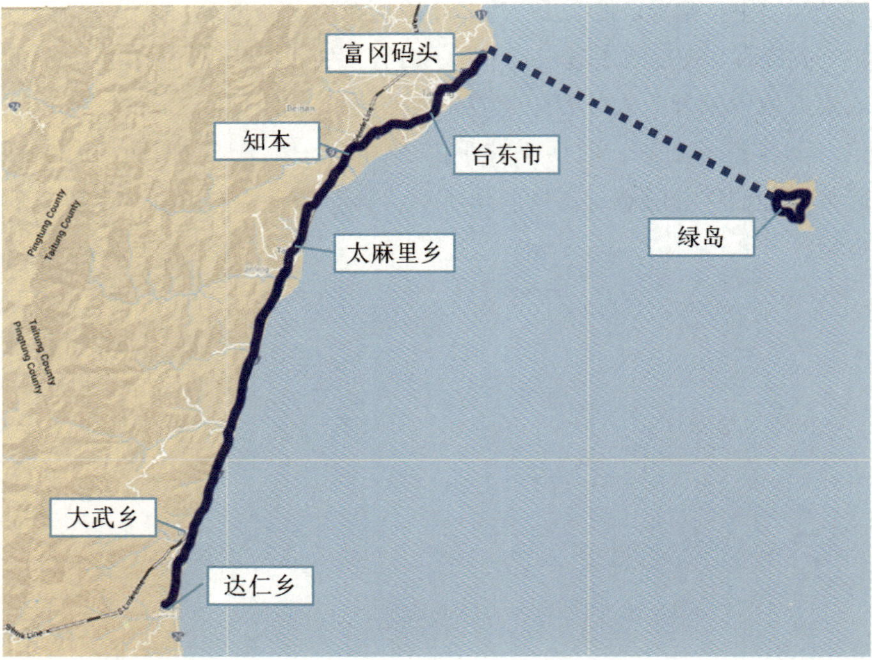

生活很难等待我们。它不会等到我们供完房子、买了车、赚够钱，然后赐予我们一个生命的空档期去实现环游世界的梦想。很多时候，我们需要在生活的夹缝中挣扎起来，去做一两件自己喜欢的事情，不过，这需要出走的勇气，对得失的承担和对此生的热爱。

——谢谢，菜菜《走吧，为了爱》

美味的释迦果

早晨出发后，第四次骑行在安朔村的乡间小道上。

虽然不是晴空万里，但也一改前几天的阴雨天气，空中出现了蓝天、白云，太阳间或从云层中钻出来，露个小脸。阳光普照大地，我的心情随之豁亮了许多。

出发不久，很快我又看到了太平洋面。视野很开阔，太平洋尽收眼底。这一次，壮美、广袤的海面就在右手边，那么的近，触手可及。南回公路沿着太平洋弯曲向前伸展出去，山路起起伏伏，坡度并不大。

一路的风景就是一个字：美！

天空的蓝映照着海水的蓝，海浪有节奏地奔腾着，不断地涌向海岸。迎着宜人的海风，我的心情轻松而舒畅。我在高高的海堤公路上骑行，沿途有小小的渔港、长长的沙滩，沙滩上偶尔会有三两个玩耍的孩童和悠闲的钓客。海风徐徐吹来，身后的白云翠岭映衬着眼前单纯的海岸，与垦丁吵闹繁杂的海滨相比，我更喜欢这种安逸的情景。

一路上，变幻莫测的天空和广袤的海水是我最重要的旅伴。慢慢地我体会到，“天涯海角”大概就是在这里吧！

台东盛产一种叫“释迦”的水果，我在广州也见过，叫“番荔枝”。对它印象深刻，不是因为名字古怪，而是因为价格非一般的贵。这种水果，外皮突起恰似佛头，故有赖球果、佛头果、释迦果之称。

沿途经过村镇时，不时见到路边有摆卖释迦的农舍。我在心中琢磨着，到这里了还不品尝一下，似乎太对不起自己。

看中一个大户人家，大大的凉棚，路边摆放着一筐筐的释迦，平板上也摆满了，个个硕大饱满，颇为招惹人啊！

一打听，价格果然不菲，新台币要100元一斤。

我让老板娘特意挑选了一粒成熟的释迦给我，75元成交。

“这个怎么吃啊?!”我也不怕老板娘笑话我，没吃过就是没吃过，

实事求是。我直截了当地问道。

“吃里面的果肉，全部都可以吃。”老板娘把释迦一掰两半交给我，对我说。

我将释迦小心捧在手中，一股醇香直入鼻孔。乳白色的果肉很厚实，入口清甜，无涩无渣，口感绵密香甜。吃之前，我还在心里琢磨，味道会是什么样的呢？像榴莲怪异？像荔枝甜蜜？没想到竟然如此美味。

这么好的东西，可惜路途遥远，无法带回大陆，只能品尝一二了。

本以为我的口福就这一枚释迦了，没想到，在骑行经过一座桥梁时，忽然看到地面上躺着一枚释迦。我已经骑过几米，立刻折返回捡了起来。

这枚释迦或许是运输过程中从车上滚落下来的。个头要比我买的小一些，果皮也青涩坚硬。就是因为青涩，才得以在滚落地面时完好无损。我欣喜万分，捡起来装入袋中，挂在后驮包上，等过几日再美餐一次。

终于吃上了池上便当

上午天气不错、路况不错、风景不错、心情更不错。

11点左右我就来到台东市郊。为了早点赶到台东富冈码头，赶上末班开往绿岛的客船，我快马加鞭，绕城而过。富冈渔港是台东近郊唯一的渔船港口和通往绿岛、兰屿的客船码头。这里同样也是海钓、赏鲸等活动的出海港口。

我不清楚每天发往绿岛有几班船，末班是几点。之前询问过台湾的同胞，都没有准确的时刻。因此，我只能尽量赶在中午之前到达。心想，最起码下午应该还有一趟船吧。

来到码头，找到售票处，最近的一班船是1:30。

时间刚刚好，我还可以从容地吃个午饭再上船。

花了950元买好了往返的船票，优惠了50元。钱包里的money立刻所剩无几了。我好像记得到台湾后在ATM机上取钱是在鹿港。这一路过来，风餐露宿，正儿八经的开销就是吃饭、买水果、进景点，花销都不算大。去绿岛的船票开销算是最大的了。

走进一家快餐店，居然是“池上便当”。

“池上便当”，台湾也有叫“池上包饭”的。便当听起来洋气一些，我没有考究，似乎是东瀛的称呼，其实大陆就叫盒饭。“池上便当”因地名而出名，最早是池上火车站一名职工的家属开始卖，后来卖出名气了，成为台铁便当首选。现在有好多家便当都叫池上便当。

吃完盒饭，喝了好几碗免费的老火汤后，正当我准备动身启程去码头时，从饭馆里走出了一名中年男子要同我聊天。他自称来自东北，在这个饭馆打工。我关切地询问这里生活是否习惯，男子摇摇头，苦笑一下，说不习惯。看他欲言又止的样子，似有苦衷。但很遗憾，我却没有工夫陪同胞谈心解闷。

临走时，店家赠送了一杯冷饮，并让我在墙上留个名。我戴着骑行半指手套，歪歪扭扭地留下了笔名。

绿岛浮潜

太平洋真是浩瀚无边啊！我坐在舒适的客船座位上，望着窗外的海洋，由衷地再次发出感慨。这里的海水更蓝，海面上泛起朵朵白色的浪花。我心想，这才是真正的大海啊！

海上无风三尺浪。深蓝色的洋面，波浪翻滚。连日的暴雨骑行，我已身心疲惫。

“海风你轻轻地吹，海浪你轻轻地摇，快让我好好入睡！”我以舒服的姿态靠在座椅上，闭上眼睛，养精蓄锐，开始享受阳光明媚、波涛荡漾的行程。

时间不长不短，船行50分钟停靠在绿岛码头。50分钟，我觉得挺舒服，像是回到儿时的摇篮里……

“这绿岛像一条船，在月夜里摇啊摇；心上的人儿在我的心坎里飘啊飘……”一首旋律优美的《绿岛小夜曲》让绿岛的名气响彻海峡两岸。绿岛漂浮在台湾东部太平洋沧海碧波之中，面积仅有15平方公里，与南面的兰屿组成两颗明珠，点缀在台湾东部海面。这里的海水清澈透明，海边布满了大大小小的珊瑚礁。

绿岛全年雨水充沛，除了民居、机场和海岸的礁石，几乎全被植被覆盖，绿得恰如其名。绿岛开放得较晚，当地少数民族是雅美人。绿岛是一个火山岛，据说一次严重的火山喷发曾烧掉半个岛的树木，因此又叫“火烧岛”。

关于“火烧岛”同样有一个凄美的传说。

相传岛上曾住着一对恩爱夫妻，丈夫在出海后迟迟未归。相思情重的妻子便在岛上燃起熊熊大火，给丈夫指航。但烧掉岛上所有的草木，丈夫也未归来。悲痛万分的妻子于是跳海殉夫。从此，这个岛就叫“火烧岛”。

火烧岛上树木茂盛，远望如同一颗镶嵌在大海中的绿宝石。1949年，火烧岛改名为“绿岛”。

码头上人影攒动、人声鼎沸。搬运货物的、接待游客的当地向导站满了窄窄的码头。机车、小货车也挤在里面。

我推车下船，随着人流走动。说来还真是神奇，这么窄的过道，到处都是

人流、车流，居然很少听到汽笛的声响，也没有磕磕碰碰的小事故发生。人们依序行进，车辆慢慢行驶，个个不急不躁。

不时有当地的绿岛居民手举着住宿、旅游信息广告牌在招揽游客。从船上下来的一些游客事先通过电话，由当地向导接待。然后，向导领着游客来到停车场，交给对方机车钥匙、发个头盔，开着机车跟着向导就走了。

机车是绿岛上最普及也最重要的交通工具，家家户户门前停满了大大小小的机车供游人使用。

正当我待在出口处左右观望时，一位女性过来询问我要不要潜水。她面部包裹得严严实实，只露出两只眼睛，无法一睹其芳容。看来是怕晒黑啊！

“潜水多少钱啊？”我最关心的就是价格问题。

“看你骑脚踏车，就收你300吧，最优惠的。”

我迅速在心中盘算，折合成人民币是多少钱。在绿岛潜水才六七十元人民币，竟然可以这么便宜！在海南三亚，价格不知道是多少倍呢！

“一次潜水多长时间啊？”

“一两个小时吧。”蒙面女子告诉我。

我欣然答应，反正现在才两点多钟，我还没有想好怎样安排在绿岛的计划呢。

离开码头，她骑着机车在前带路，我们沿着一条密密麻麻、门前挂满了潜水衣的街道骑行。很快我们就停在一处同样是屋里屋外挂满潜水衣的店面前。

门前也摆满了机车，我将单车停靠在旁边的地方，就同其他几位游客一起在店家的指导下挑选潜水衣、潜水鞋和潜水镜。

老板看我戴着眼镜，就询问多少度数，给我拿了一个带近视度数的潜水镜。

一切穿戴就绪，其他人纷纷骑上机车出发了。我从没有骑过机车，就坐在别人机车后面过去。

其实，确切地说，我参加的是浮潜，就是趴在海面上，低下头，透过潜水镜去观望海底世界。最初，我还以为要身背氧气瓶，穿着大大的脚蹼，潜入水下十几米不露头，在里面像小鱼一样游来游去呢。

浮潜是绿岛一项热门的旅游娱乐项目。绿岛周边海域水下生物资源丰富，鱼类约有400种，大多色彩斑斓，还有大片大片的珊瑚。绿岛一年四季皆宜潜水活动，壮丽多变的海底地形与缤纷多样的海洋生态，加上平均30米以上的水中能见度，被誉为“潜水者的天堂”。因此，许多人到绿岛都会享受潜入水中与鱼共舞的乐趣。

我们一行数人在一位通身黝黑的中年大哥带领下，下了堤岸来到海边。先摘下海边树丛的一片树叶，在手中揉两下，用树叶擦拭潜水镜，便于在水中看得清楚。然后沿着长长的栈道来到一处天然的大水坑。跳进水坑里，依照教练大哥的演示，嘴巴咬着换气管先学用嘴呼吸，再学漂浮。

教练看到时机成熟后，就拿出用一条绳子连起来的几个救生圈，交代我们浮潜时，用手抓着救生圈。

我们在教练的带领下，一字排开慢慢向大海深处走去。

然后，“带头大哥”一声令下，我们戴好潜水镜，嘴巴咬好换气软管，双脚离地，将头埋入水下。

我手抓救生圈，放松身体，借助潜水衣的浮力漂了起来。当我低下头时，整个世界瞬间改变。

呈现在我眼前的是既熟悉又陌生的海底世界。我身处在这种无数次在电视上看到的海底世界，第一次真实地身临其境。我惊讶万分，欣喜若狂。要不是在水中，我肯定会大喊大叫起来。

五彩斑斓的珊瑚树像灌木一样乱七八糟地在海水中伸展着，五彩缤纷的热带小鱼成群结队自由自在地游来游去。鱼儿时而钻入珊瑚树内，像调皮的顽童捉迷藏；时而潜入海底，玩起“失踪”。

“带头大哥”踩着大大的脚蹼，带领着我们向更深的水域进发。我们趴浮在水面上，身体随着波浪左右摇摆，荡来荡去。

我彻底地放松身体，单手抓着救生圈，腾出另一只手尝试着去捉游到身边的鱼儿。这些水中生灵异常的敏捷，稍有风吹草动，它们立马一个激灵，摆动尾巴，调转方向游走了。这些鱼儿在水中游动，看似漫不经心，可是一旦伸手过去，它们突然间快似闪电般地窜了出去，你连个边儿都摸不到。

这些热带小鱼，个个身上五彩缤纷，花花绿绿的。有些模样还奇丑无比。我还看到一条水蛇鱼拖着长长的尾巴，像彩带一样弯弯曲曲。

这时，教练给每人手里分发一些面包屑，让我们一点点的撒下去，吸引鱼儿的到来。很快，我们就被一群群的小鱼包围，面包屑飘飘洒洒地落下，鱼儿打闹般地追逐着。

后来上岸时，回头观察，我们其实就是在一片不大的海域里游来荡去的。脚下珊瑚林立，真是天然的潜水地啊！

两次被撵的夜宿遭遇

下午闲逛，吃过晚饭后，我迫不及待地四处游荡寻找合适的露营点。

绿岛就像个大大的游乐场。

岛上的人，不是游客，就是做游客生意的当地人。我打定主意，还是选择在“国小”露营。

“国小”没有找到，倒是找到了一所“国中”。就在路边，没有围墙，没有大门。在路边我就看到操场边的司令台。本想在司令台上露营，但考虑到路边人来人往，那里比较醒目，就改在教学楼下的走廊里露营。

这时，天已经暗了下来，乌云密布，开始下起雨来。

一阵马达的轰鸣声中，一辆机车驶了过来。

“先生，这里不给搭帐篷，请找其他地方吧。”机车上的中年男子操着台腔向我喊道。

“真不好意思，我是从大陆来的，在环岛骑行。现在天黑了，还下着雨，就让我在这搭一次吧。天一亮，我一早就走了。”

“不行啊，这里没有对外开放啊，你还是找其他地方吧。”

“这么晚了，我找不到其他地方啊，我人生地不熟的，还下着雨。”

“这不关我的事啊，你出来旅行，就要考虑到这些情况啊。”

我停下手中忙碌的活儿，和他你一句我一句地打起了嘴仗。我实在是不想再换地方了。这里可以遮风挡雨，这里有洗手台，这里就在路边相对安全。没有比这里更合适的地方了。

“你一会赶紧离开这里。”说完这句话，机车男骑着机车走了。

我才不走呢，爱咋咋地，难不成你还敢轰赶我走。你如果动粗，那就是蓄意破坏两岸同胞的感情。我又没有犯法，到派出所我也不怕。来台湾数日，天天进出派出所，对那里我还真有了一点点的感情。我相信，派出所也会为我主持公道的。

等机车走远，我继续搭帐篷。

一阵风吹来，吹跑了搭好的帐篷，也吹散了我的行囊。

我手忙脚乱地将东西移到夹道间，安顿好。这样也好，这里比刚才隐蔽一些，免得惹眼。搭好帐篷，我还是不放心，担心风大吹动帐篷，就用驮包压在帐篷两边。

刷牙、洗脸、洗澡、洗衣服，每晚重复相同的程序。

躺在帐篷里准备入睡。

外面又传来机车轰鸣的声音，由远而近，停在教学楼前。伴随脚步声临近，意料之中的台腔再次响起。

“先生，你怎么还没走啊。”

“我真的找不到其他地方啊，你就让我在这里待一晚吧。”

“这里是‘国中’，有规定不给露营的！”

“我每天都在‘国小’露营，他们怎么可以啊？”我不甘示弱，我没法离开这里，因为我没得选择。

“总之，我们这里不给露营，你还是找其他地方吧！”

“我又不影响你们，明天天不亮，我一早就走。”

我拉上帐篷拉链，懒得理他。在台湾还真是少见这种不近人情的人。我千里迢迢，骑着单车来到这里，没有功劳，还有苦劳呢。本是同根生，相煎何太急啊！

男子嘟嘟囔囔悻悻地离开了。我知道，我可以安心地睡觉了。

第11天　绿岛明珠有瑕疵　徒步环岛好逍遥

行程：绿岛—富冈—台东县宁浦村（骑行65公里）

行走挑战的是意志力和体力，我一直相信意志力比体力更为重要，我不断告诉自己，坚持、不要停下，一直向前。我明白，行走很多一部分意义在于战胜自己。当战胜自己时，也练就了一颗平静而强悍的心。

——陈坤《突然就走到了西藏》

面朝大海，春暖花开

清晨，离开‘国中’，我来到海边。

温煦的暖阳轻洒在身上，海风轻轻拂面。此时的绿岛大概还在睡梦之中，有着别样的静谧。

没有其他人，我一个人尽情享受这份孤寂。天空中云层跌宕起伏，像棉絮、像锦缎，层次分明。

我坐在海边，沧海尽在眼前，碧海蓝天，时空仿佛在这里凝固。

远处的灯塔同样孤寂地站立在海崖边，日夜守护着过往的船只，召唤着晚归的亲人，像个永不下哨的卫兵，让人不舍。

隔着对面的太平洋，我能看见远方的台湾本岛。

辛苦的行程，换来了此刻的安逸。只有在这种时刻，我才感受到孤苦旅行带来的快乐。

孤独地在大自然间徜徉是我的幸运。我大多数的旅途是由无数短暂的安宁时刻串联而成的。在繁星点点的夜空下静坐发呆、在海岸的一角静候晨光照入、在昏黄的暮色中掠过苍茫的山村……这般宁静的情境，只能一个人静静感悟。

我呆坐着，空洞洞的脑袋里只有满满的蓝色海域。

电影《海角七号》有个镜头。那是阿嘉因为音乐会排练的事情与来自日本的女子友子发生一些争执，友子准备撒手不干，要回日本。在走之前的那晚，友子被邀请参加村里的聚会。聚会上每个人都各怀心事，阿嘉始终一言不发，后来提前离席。也许为了排解心中的惆怅，他来到海边，坐在海边防堤的矮墙上，一个人独自面对大海。那里，远离喧闹，没有烦心的事情，只有温柔的涛声。夜风轻拂，阿嘉就这么坐着，一个人，孤独的一个人，无人打扰。夜已深，心情已抚平。

我很喜欢这个画面。一个人在烦心时面对苍茫的大海，让大海抚平内心的烦躁、让大海安慰内心的忧愁！大海足以让人寻找失去的勇气，找回生活的激情。

我出生、成长在内陆平原地区，离开家乡求学前还没有见过大山，更没有见过大海。我极其羡慕那些生活在依山傍海地区的人们，我认为他们是那么的幸福，有委屈可以向大海诉说，受伤了可以让大海疗伤。大海是虚怀若谷的港湾，是保护神，是避难所……

避不开的政治话题

今天就要离开绿岛了，上午10：30乘返程的轮船要回到台东福冈码头，继续我的台湾之旅。

在海边发完呆，骑上单车，我沿顺时针方向漫无目的地游逛绿岛。

此次台湾之旅，只为观光，不谈政治。但无论你如何回避，都无法绕开国民党和蒋介石这类话题。

绿岛监狱也算是岛上有名的场所了。“两蒋”统治时期，绿岛监狱是台湾当局关押政治犯的地方，称为“台湾绿岛技能训练营所”。当年“红衫军”倒扁总指挥施明德、台湾地区前副领导人吕秀莲等人都曾被关押在这里。后来，台湾当局开展“四清”专案扫黑行动，又有一批黑道中人、重大刑事犯被押解到绿岛监狱。

绿岛上的监狱有两处。一处是“人权文化园区”，以前是关押政治犯的，现在没犯人了，作为景点可以参观。另一处是新建的，“专属收容台湾各监狱内顽劣、诬控滥告等特殊难管教之收容人。该等收容人移禁本监后，均施以严格管理之阶段性处遇，期使收容人能改过从善、重做新民”。

新的绿岛监狱，不可以参观。当我赶到绿岛监狱时，大门紧闭，里

面静悄悄。

我沿着海边骑行，远远地看到前方有几座诡异的岩石因为海风的侵蚀而形态万千。其中一座像身穿笨重盔甲的大将军一样，此为“将军岩”。

在路的尽头，我看到两个废弃的庭园，一个“革命之门”、一个“新生之家”。看着名字就知道，都和当年的政治有关。灰色的墙体被风雨侵蚀，污迹斑斑。有意思的是，“革命之门”和“新生之家”还各缺了一个字，剩下的字在凄风苦雨中道尽历史沧桑。从大门两边的岗楼可以看出这里曾是军事重地，里面早已人去楼空，空空如也。一排排营房的门窗也都全部拆卸掉了，孤零零、冷凄凄，像阴森的恶魔张着血盆大口等待着猎物的到来。时过境迁，这里早已物是人非，这里的没落注定如同当年国民党溃败退守台湾一样凄凉。

历史就是这样，得民心者昌，逆民心者亡！

旁边还有一个写着“忠爱”两字的庭园。院墙上粉刷的“实践三民主义，光复大陆国土”的红色大字，肯定是当年留下的，看着有点滑稽可笑。

滑稽的东西不止这一个，我还发现了另一个可笑之处。

旧弃的“革命之门”的门前海边有一块巨大的岩石，上面刻着四个鲜红的大字“毋忘在莒”。这四个字正对着“革命之门”，方便早期在里面改造的政治犯人也能受到“教育”。这是当年不甘心退守台湾的蒋介石发动的政治宣传中遗留下来的。

蒋中正退守台湾后想卧薪尝胆，发愤图强，不禁让我想起了战国时期的一位人物。

战国时期，齐国大将田单被打败后，齐国大部分疆域被燕军占领，只有莒和即墨两城未被攻克。田单退守，以此为反攻基地，坚守数年，而后成功收复失地。蒋公退守台湾，想以其人为榜样，实现“光复大陆”的夙愿。后来，蒋介石在台湾发动了一波又一波的“毋忘在莒”运动，并在多地山石峭壁上刻上“毋忘在莒”，以此激励台湾民众“光复大陆”。

到此为止，海边的路已到了尽头。我转入废弃的庭园，这里有一条上山的路。

空无一人的山上，灌木丛生，杂草纠缠着树根疯长着。山上少有人来，估计游人更不会来这里体会绿岛的荒凉。山上虽然少人造访，但路还是打扫得很干净。这里还有一处废弃的驯鹿场，从规模上看，当年还是很有人气的。

时间不早了，我要抓紧时间赶往最后一个景点——绿岛灯塔。

绿岛灯塔应该算是绿岛最有名的地标了。

绿岛灯塔，塔高33米、灯高48.2米、光程25.7海里。1938年12月，美国邮轮胡佛总统号于绿岛公馆村外海触礁。岛上居民冒着风浪抢救，最终使得乘客能够安然无恙地离开。翌年，美国政府为了纪念该失事的油轮及维持海上航行安全，特通过红十字会捐款而建筑了这个灯塔。第二次世界大战期间，塔灯遭受炸毁，1948年时修复。

绿岛灯塔边还有一个小型机场，飞机频频起落。

我的台湾维权之路

我算好时间，提前10分钟来到码头等待返程的“凯旋1号”轮船。小小的码头上已经聚集了不少乘客。

时间过去几分钟后，“凯旋2号”才姗姗来迟。大批的乘客开始排队登船。我乘坐的应该是“凯旋1号”，那就继续等待。

“凯旋2号”拉响汽笛，驶离码头。在岸上等候另一艘船的乘客只好继续等待。通常情况下，两艘轮船应该前后脚到达的。现在，另一艘船迟迟不来，肯定出状况了。

我等得不耐烦了，看到码头上有身穿橙色救生衣的海岸警察，就上前询问。警察告诉我，那艘船在刚出福冈时出现机械故障，被拖了回去，另一艘船“天王星号”临时代替，因此耽搁了一些时间。

我继续问，耽搁的时间造成了乘客的利益损失，找谁投诉啊？

警察马上给我指着不远处的一位瘦瘦高高的正在打电话的中年男子说，那个人就是客运公司的经理。

我径直走过去，等经理打完电话后，我问道：“你好！你是轮船公司的吗？轮船什么时候能到？”

“马上到，马上到！”

“本来10：30的船，现在过去20多分钟了。耽搁了我的时间，怎么办？”

“回公司再谈。”

这时，轮船已经开始停靠码头了。我轻易地相信了这位经理的答复，准备开始上船。

回到福冈，问清轮船公司所在地，我骑上单车直奔而去。

找到地方，也就是一间办公室，里面坐着一男一女两个中年人。

我说明来意，问如何赔偿。中年男子奇怪地看着我，好像我来自火星。对我说，按照运输规定，没有超过一个小时不需要赔偿。

我心中怒火暗暗在燃烧。“请问是什么规定？可不可以让我看看？”

“没有！我们这里没有！”

“那，请问哪里可以有？”你给我装无赖，那我也就不客气了。

“哪里都没有！不需要有。”

“为什么？”

“在台湾，交通包括高铁，如果晚点一个小时内都不算晚点，不需要赔付。”

“那，我可以投诉吧？投诉电话是多少？”无法和他沟通，我打算投诉。

“我这没有投诉电话。”

我意识到今天遇到对手了。

我说："我可以借用电话，打个电话可以吧？"

旁边的那位女士终于发话了："你是在我们这里买的票吗？"

我说不是。她来了精神，说："你不应该找我们啊。你在哪里买的票，就找哪里啊！"

我自认为我是个比较耐磕的主儿，今天却遇到了两个强敌。

看到在这里没有讨到任何便宜，我只好作罢。因为，我没有时间陪他们玩儿。

我返回码头，只好找卖票给我的地方了。

"你好，我昨天在你这里买了去绿岛的往返船票。你还记得我吗？"我心想，我这么特立独行的装扮，她应该有印象。

"记得。有什么事？"

"我今天从绿岛回来，但轮船却晚了20多分钟，耽搁了我的行程。怎么赔付我的损失？"

昨天卖票给我的女子拿起电话，开始沟通，然后让我和电话那端的人沟通。

我接过电话，听声音，马上知道对方就是刚才在轮船公司与我争辩的中年男子。

结果可想而知。我问女子，我还有什么途径可以解决这个问题。她告诉我说，可以找海岸巡逻署问问。

我顺利找到正在码头值班的海岸警察，说明来意。警察非常的客气，马上热情地带我到码头候车室，找到了在那里常驻的轮船公司代表。

对方一口回绝了我的赔付要求，说从来就没有过这样的情况。

我懒得和他理论，二话不说，转头就走。

再次找到那位警察，我问怎么投诉轮船公司，他带我进入办公室，拿出电话本就开始查找，后来又上网才找到轮船公司的投诉电话。

热心的警察电话打过去，却是录音电话，说下午2:30之后才开始办公。

呵呵，看来今天点背啊，索赔未果！

我之所以喋喋不休地跑来跑去，一而再地要求轮船公司支付赔付补偿，就是要看看台湾是不是拥有像电视上那样宣扬的价值观和民主政治。正好借助轮船晚点，我就要“以身试法”，尝试一下是不是如此。

事实证明，哪里都有一毛不拔的资本家，哪里都有相互踢皮球的家伙。为了自身的资本利益，出现损害顾客权益的事也就不足为怪了。

其实，我本没有什么期望，只是想了解一下台湾的服务行业是否比大陆更体贴，更人性。

浮光掠影东海岸

吃过午饭，拐进离福冈码头不远的“小野柳”景点。

小野柳，位于富冈渔港北方，距台东市区约7公里，有许多奇特的海蚀景观。小野柳是以单斜脊、蕈状岩和豆腐岩等怪石地貌著称的海岸公园，因海蚀景观和北海岸的野柳类似，因而得名。这里是免费参观的景点，我心想到不了北台湾的野柳，那就必须参观一下这里的小野柳了。步入小野柳的岸边，海天一色的景致下，是各种造型百怪的奇岩异石。如果你有非凡的想象力，你将会很容易地发现，台东小野柳这片海岸充满着无限的想象力与生命力，豆腐乳、千层雪、巨人足、丫环等造型正等着你去发现。

分布于台湾海岸线上的这些奇岩怪石，其实就是地质学上“差异侵蚀”所造成的自然现象。

“差异侵蚀”就是当地壳变动时，岩层会受到挤压而产生一些裂隙，而这些岩石裂隙因雨水溶解、盐的侵蚀、气温冷热交替、海浪侵蚀的作用，形成了种种奇特的造型。

下午的骑行乏善可陈，路过两个景点，见到一个拼船模型。

这两个景点一个是“水往上流”奇观。

景点旁边的一块石头上写着：古诗说“人往上爬，水往下流”。但本县民间却传说有一处“水往上流”的奇观，信不信由你。百闻不如一见，奇景就在眼前。请您停下来实地欣赏一下吧 。

一拨拨的游人正低头围着一条小沟渠在饶有兴趣的研究。说来奇怪，就是在这个地方，水流是向上而动的。为了便于辨别，沟渠内丢入了一些小草，从我的眼中，我确实看到水是往上流的。有些人认为，这是由于视觉的缘故，那里应该是下坡，与山坡的地势相错，产生了错觉。

在我正准备离开时，听到旁边的导游在给一个旅游团讲解说，是由于旁边的那棵大树的缘故。导游解释道，这是由于树根的吸力像一个“水泵”一样，将地势低的水“吸”到高处，才造成了这样的一种“水往上流”的奇观。

这样的解释似乎也可以说得通。

路上遇到的另一个景点是“三仙台”。

景区其实就是一座跨海拱形桥连接着几块巨石。拱形桥为波浪状造型，宛如一条巨龙伏卧海上，衔接三仙台和本岛。此桥是1987年建造完成的，此前想参访三仙台的游客只能利用退潮时，涉水而过，而如今此桥已成为东部海岸的著名地标。整座桥有连续8个拱，每个拱上都有上下台阶，桥一直通往三仙台岛。

三仙台岛原来是一处岬角，因海水侵蚀逐渐断了岬角颈部，而成了离岸岛。三仙台全岛四周珊瑚礁环绕，由于强烈的风化和海蚀作用，散布着海蚀沟、壶穴、海蚀柱、海蚀凹壁等海蚀景观。

三仙台是由离岸小岛和珊瑚礁海岸所构成，岛上奇石分布，其中有三块巨大的岩石，传说八仙中的吕洞宾、铁拐李、何仙姑曾登临此岛而得名。对于这样的传说，我向来是嗤之以鼻。当然了，作为民间文化，我还是尊重的。

据说，生态景观丰富的三仙台，因人为干扰少，岛上处处可见台湾海枣、白水木、滨刀豆等滨海植物，是研究海岸植物生态的重要据点，并被列为自然保护区。岛的南端一带海域，有美丽的珊瑚礁和热带鱼群，是花东海岸线海底景观最美的地方。

因为时间的关系，我只是远远地观望了一下，没有做过多的停留，更没有前去造访。

路上经过一个民宿，门前摆放着几艘两头翘起的小船模型。这种小船外表精细，造型独特，是兰屿岛上的原住民达悟人出海捕鱼用的，叫作“拼板船”。这种船是由深山里强健粗大的榄仁舅树木制成，是达悟人在海上最亲密的朋友。

不同的行走，相同的路

由于在福冈码头耽搁了一个小时的时间，下午的骑行急急忙忙。傍晚路过一所小学，本想进去投宿露营，结果里面有几条看家狗疯狂地乱叫，根本不可能在此搭营。终于在天黑前赶到另一个村庄，找到一所小学，顺利地交涉，可以在操场的司令台上搭营。

晚上，正当我趁着夜色的掩护在洗手台前冲澡时，一束灯光照射过来，一前一后来了两个徒步的小伙。最终我们三人在司令台

上并排展开三顶帐篷。

“你们怎么想起来用小推车，为什么不背包啊？”看到他们将行李全部放在小推车上，就像我们大陆那些大爷大妈买菜用的小推车，我好奇地问道。

“我们实在背不动啊。第一天背包就感觉双肩受不了。看到别人用小推车徒步，第二天我们也每人买了一个。真不错，很省力。”

真是路远无轻重啊！

“你们一天大概走多少公里啊？”

“大概十七八公里吧。路况好的话，可以走二十公里。”

不同交通方式带来的里程就是不一样。骑单车一天的行程，是徒步大概十天的路程，然而机动车却只需要一个多小时就能轻轻松松完成。天壤之别啊！

快，有快的便捷；慢，有慢的悠闲。因为慢，才能感受到旅途中的美好时光；因为慢，才能体会到大自然既快且慢的变化；因为慢，才知道自己的渺小与无知。

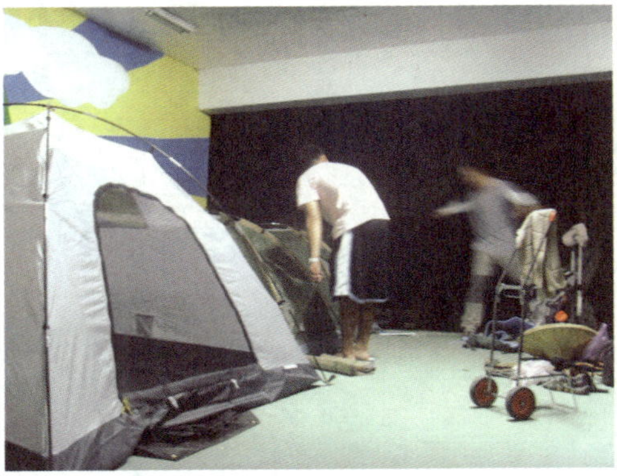

他们两人是台南成功大学的学生，利用暑假结伴徒步环岛。他们膝盖上都带着护膝，以便保护膝盖，可以走更远的路。

其实我更关心他们的双脚是否吃得消，连续多日的行走，脚底是否磨出了血泡。

我曾经参加过深圳的百公里徒步活动，就是因为没有穿徒步鞋，也没有使用登山杖，结果中途脚底板就相继磨出大大的血泡。即使经过简单处理后，再坚持也走不了多远。后来就不得不在走了五十多公里后放弃了。

他们穿着徒步凉鞋，每天的行程也不多，双脚完好无损。

第12天　太平洋岸风景秀　花莲街市小吃美

行程：台东县宁浦村—花莲市（骑行82公里）

我们习惯嘈杂与大声疾呼，而将沉默静思视为异常；我们习惯直接、强烈、立即、华丽复杂的感官刺激，对生活中有滋有味的细节、事物的本来面貌渐渐迟钝，不再敏感，离自然与人生的本色愈来愈远。我们的人生似乎少了一些气定神闲。所以，以低限的物质旅行，其实是刻意提醒自己，过剩的物质只会蒙蔽了本心，一个人的需求可以简单，包括精神上和身体上。

——舒以行《行走台湾Ⅱ》

心在天堂

清晨醒来，五点半钟。

翻身坐起，透过帐篷纱窗望向外面。橙红橙红的云彩布满远处的天空，太平洋的尽头上空是大朵大朵厚重的云彩，像从海面上升腾起的烟雾，形状诡异万千，遮挡了正在升起的太阳。随着太阳的升高，云彩不断变换着颜色，最后逐渐变淡，失去了色彩。

我们三人坐在操场边的矮墙

上，望着变幻的云彩，默不作声。我们都陶醉在清晨这变幻莫测的光影之中，欣赏着这稍纵即逝的美好时光。

今天的目标是到达花莲。

终于出现晴空万里的天气了。烈日当头并没有带给我太多的困扰，我没有一丝的怨言，因为美妙的海岸线给了我更多的补偿。

我已无暇顾及骑行的艰苦。看到美景之时，旅途的劳累换来炫目的光景，一切都是值得的。只有在这一时刻，你才更深刻地体会到“身在地狱，心在天堂”的含义。

尽管一路风景独好，但还是有一定的强度，还是要攀山越岭，体力消耗很大。中午时分，我骑行在荒郊野外，水已喝完。这里，前不挨村后不着店，我饥肠辘辘。

我只得忍着烈日，忍着饥饿。骑行时，我感觉两眼有点迷离，困意上来，怎么感觉如喝醉了酒一样骑着摇摇晃晃，仿佛是在骑单车跳舞步。

见到村庄，终于可以吃东西了。

在路边的小饭馆吃完饭，阿婆见我一直在打瞌睡，就好心让我到她家的床上躺一躺休息一下。我哪好意思用自己汗臭的身躯去污染台湾同胞的床铺。

好在派出所就在不远的一个地方。找到派出所，只有一名警察正趴在矮脚茶几上吃泡面。我告诉警察，我就坐在木质沙发上休息一会。警察二话没说，表示欢迎，并让我随便吃摆在茶几上的当地粉蕉，附带一句：“很好吃的哦！”我也就不客气了，两岸亲人本来就是一家嘛！

花莲小吃

下午进入花莲市区，车流、人流迅速将我包围，将我从欣赏美景的“闲庭信步”状态中打醒。

我漫无目的地在市区骑行，时间尚早，城区小学多，搭营的问题应该不难解决。

进入台湾已经十多天了，还真没有好好地品尝一下当地的小吃。都说台湾夜市非常的有名，花样繁多，可惜一直都没有去，那就看看今晚能否品尝一下了。

其实，在骑行中途，路过的一些小村镇，我也都尝试了当地的美食。比如鹿港的虾仔面线、台南的肉粽和鱼翅羹、屏东的菜头粿和蚵爹煎等，个个风格独特、味道迥异。对于卫生情况你大可不必多虑，尽管放开了肚皮吃。更不用说风味小吃的味道了，那真是妙不可言。

台湾很多当地小吃门面都不起眼，普通的低调，但做出来的味道却相当的美味。

比如我进入花莲的第一顿晚餐就是在路边一个非常大众的小饭馆里解决的。进去之后，看到食客大多在吃一种叫作“肥肠面线”的东西，我也就来了一份。顾名思义，里面放着一些小段的肥肠，香而不腻，味道还很鲜美。

要不是考虑还要留着肚子晚上品尝其他的小吃，我真有点按捺不住想多要一份。

骑车穿行在繁华的街道上，我东张西望，看到对面有一个流动摊贩在卖葱油饼，有不少的民众在购买。我抱着试探的想法过去看看，禁不住诱惑，也要了半份，葱油饼香酥焦脆，又是让我赞不绝口。

对于这种在大陆随处可见的小摊小贩，尤其是煎炸食物，我向来是敬而远之。一是怕不卫生，二是怕热气重，容易上火。像我这样的每天风吹日晒不停地连续骑行，体力消耗还这么大，如果拖着病怏怏的身子骨上路那就惨了。

我按着路牌指往太鲁阁的方向继续骑行，在狭窄的街道边与机车挤在一起。

两样小吃下肚，居然没有太多感觉，更像是餐前开胃菜，一下子把我的胃口调动起来了。看来还是要吃一顿踏踏实实的正餐啊。进大饭馆，肯定不是我的风格，不在我的计划之列。

停车等待绿灯时，旁边有一家自助餐馆，让我想起了在垦丁古城吃过的一顿自助餐。那次是在下着瓢泼大雨时，为了吃饭，更是为了避雨，我进入一家自助餐饭馆。本以为像我们大陆自助餐那样，每位多少钱，随便地吃的那种。进去才发现，不是这回事。而是你吃什么，吃多少，自己动手，然后端到收银台那里去结账，丰俭由己。其实就是自选餐馆。

我进入这家自助餐馆，看到的都是一些家常菜。我点了一份大大的鸡腿，配上几个素菜，结账才85元新台币。可以免费加饭，还有免费的例汤，我甩开了腮帮子，放开了肚皮吃起来。

太阳已经落山，我也要开始寻找落脚的小学了。

从城西骑到城东头，看到了路边的“国小”。进去交涉，又是畅通无阻。

假期看护校园的老伯很是风趣，刚开始按规定需要我登记。我说我第二天一早就走，不用麻烦了吧。

“如果你是哪一级的领导，那不就怠慢了你啊！”老伯风趣地说。

我嘿嘿一乐，说我一个大陆的游客，哪有领导骑单车环岛的啊？

后来老伯没有找到登记用的笔，这才作罢。

离开值班室时，老伯还不忘邀请我晚上找他喝酒。

遇到大麻烦了

天很快就要黑了下来，同样是在操场的司令台上搭营。

一位胖胖的中年女子在操场散步，看到我这里的动静就过来凑热闹。

“你晚上要在这里搭帐篷过夜啊？”

“是啊，我露营环岛骑行的，来自大陆！”每次，我都会主动亮明身份，然后开始两岸非正式的民间交流。

“啊！大陆的。我女儿曾去过甘肃、新疆。新疆好大啊！”

“是吗？欢迎到祖国大陆去观光。”

“她当时是由学校组织，到甘肃、新疆做一些公益活动，和那里的小学生交流。”

“那么好啊！应该很艰苦吧？”

“是啊，那里有些地方很落后，很艰苦的。不过，我女儿喜欢。她喜欢户外活动。”

她女儿此时就在操场上的篮球场打篮球。

女子打开了话匣子，开始谈论她的另一个小儿子。小儿子性格截然不同，体育成绩不太好，性格还有点孤僻。她正在发愁新学期开学是否给他转学，换个环境。为了子女的教育、成长，同为炎黄子孙，两岸的父母都是操碎了心。

“过几天台风要来了，你要当心啊！”

我心头一震，暗叫不好。这是我最为担心的问题。

因为台湾自由行只有十五天的时间，除非无法抗拒的自然因素造成的延期滞留，必须提前告知台湾当局，才可以在离开时不被扣留。还有就是因为台风的缘故，两岸的航线也会停航。什么时候恢复通航，只能是听天由命了。这才是我最为担心的事情。

“台风什么时候登陆？”

“也就这几天吧。”

回答得模棱两可。我听了，心里更加的不踏实。

怎么办，一个非常现实的问题摆在了我的面前。第14天晚上，我必须赶到台中，留出最后一天时间还要从台中市区到码头。今天第12天，也就是说，明天我只有一天的骑行时间，第14天必须要搭乘汽车或火车赶到台中了。

我突然间六神无主，烦躁起来，骑还是不骑，是个大问题！

不知何时天空下起了毛毛细雨。中年女子也带着两个孩子和我挥手告别，留下了一个心神不宁的我。

不远处的两个街区传来嘈杂声，那里是繁华的商业街。而这里的校园漆黑、宁静，仿佛两个世界一般。

时间尚早，我收拾起凌乱的心情，打算到繁华的夜市去接触一下热闹的人气。也许回来时就有主意了。

霓灯闪烁的街道狭窄而拥挤，车流不断。临街商铺灯火通明，叫卖声此起彼伏。人流拥挤在街道的骑楼下，摩肩接踵。从人群谈笑声中，我听出了来自五湖四海的大陆同胞的南腔北调。

商品虽说是琳琅满目，但很明显是针对大陆游客的，要么价格偏贵，要么就是以次充好。以谋取利益为唯一目的的商家，如果追求利益最大化，正好又碰上大陆客“人傻、钱多”的情况，出现奸商就在所难免了。

我走走逛逛，进进出出，没有购买的欲望。

倒是路边的小吃店引起了我的食欲。一家主营各种海鲜粥的小食店

坐落在一个十字路口，饭桌都摆到街边了。

我找了个位子坐下，点了份生蚝粥。看到旁边的一个流动摊位售卖一种叫做“粟米糬”的东西，看着很是诱人，上前买了几个品尝品尝。味道确实不错。

在喝粥的时候，想起来这好像是当晚的第三餐了吧。

第13天　高铁穿越北台湾　半岛骑行终圆满

行程：花莲一台中（尾声）

多年以后我终于明白：骑着单车艰苦而孤独地行走在大地上，其实是对生命持有的一种信仰。这信仰使人们淡忘了生活的本来面目，而时常听见远方的呼唤：有一颗自由的心，为何不勇敢地追随？

——向伟成《藏地大穿越》

体验台铁

早晨一觉醒来，天空晴朗，台风似乎还没有登陆的迹象，但我不敢大意，已经做好了最坏的打算。手机没有开通台湾漫游，也没有购买当地的电话卡，无法获得最新的天气资讯。

骑上单车，在花莲市区满大街找客运公司，问了几家公司都没有到台中的班车。

当最后找到火车站，得知可以到达台中，我欣喜若狂，最后一个屏障也扫除了，终于可以回家了。

买票时，售票员告诉我，乘车只剩下25分钟了。我在那一时刻大脑突然又短路了，居然诺诺地答应下来，买了当天的车票。难道是台风的阴影造成的？

我在狭小的候车厅里麻利地卸下行李，熟练地将驮包、帐篷一一装进编织袋中，捆扎好，再开始装折叠单车。

一切收拾停当，剩下的时间已不多，竟然没有听到广播提示检票上车。是没有广播还是我没有听到，不得而知。幸亏我上前询问，告知可以进站检票上车，要不然我错过班车退票，说不定还可以再骑行一天呢！看来一切天注定了。

检票时，居然没有任何的安检。没有X射线，不用开包检查。没有搞错吧？台湾当局怎么可以这么相信我这个来自大陆的游客。我鼓鼓囊囊的行囊，大包小包的行李，难道他们不担心里面放有危险品？

我坐的这趟列车是台湾的高铁，取名为“自强号”。

目前，截止到2013年5月份，台湾铁路营业里程总长1 067.3公里，是由“西部干线”、“屏东线”、“南回线”，以及“东部干线”串联而成的环岛系统。

台湾的火车比较短，我乘坐的这节车厢只定员20人，座位少，但前后的空间大。我带着大大的行李，被安排在靠近车尾的车厢，很可能是售票员有意安排的。在列车的两端，都有专门存放大件行李的车厢，很人性化的设计。连接每节列车车厢的车门是自动门，门旁有一个凸起的按钮，按下按钮，门自动打开，又是很人性化的设计。

坐上列车，窗外的景色不断地后退。

唯一遗憾的是，最后这一段最出名的苏花公路上的“清水断崖”只能在一晃而过的列车上走马观花一下了。

我是从几年前的一个报道上知道苏花公路的。当时正值夏季，就在这个路段，满载大陆游客的大巴车不慎落入悬崖下的太平洋里，全部遇难。后来为了安全，台湾当局修了过山隧道，避开危险的道路。

日月潭边的美利达车行老板曾警告我这里危险，希望我在这个路段放弃骑行，乘车而过。因为隧道内狭窄，大货车太多，我又是一个人骑行，目标太小，容易出事故。

辛苦地骑行了十多天，就要结束我的台湾之行了。我有些失落，有些茫然。

旅行——有意义的停顿

在台湾的最后一晚是露宿在台中一间“国小”校园内。

夕阳西下，阳光逐渐柔和通红，隐藏在云后，洒下丝丝彩线。我看着日落，直到华灯初上。

晚上洗漱停当后，空旷的校园里静悄悄。我躺在校园一角儿童娱乐场里的彩色滑梯上，身体蜷缩在狭小的弧形空间里，将这里想象成我幼年时玩耍的乐园。仰望星空，暗淡的银河系在遥远的外太空，虚幻、缥缈。

我已疲倦，需要一个安静的角落平静内心的燥热。这里暂时成了我心灵休憩的地方。我幻想着自己变成一个无忧无虑的儿童，不为吃穿发愁，不为每天的行程、住宿发愁。

可惜，人不可能一辈子都生活在摇篮里备受呵护。人要一天天地长大，直到独立地应对复杂的社会，保护自己、保护家人。

我不断地走出去，想在不同的环境下看清自己。

在旅途中，遇到困难时，我也有过退缩，有过逃避，甚至也有过放弃的念头和行动。我有羸弱的一面，我知道这是我不完美的一面呈现在自己面前，没有伪装，没有矫情。事后，我也总会在内心里反复诅咒自己的软弱，分析自己的内心是否真正的强大。

放弃，毕竟不是什么光彩的事情。

遇到困难、挫折，不同的人有着截然不同的选择。一种是知难而退，这是大多数人的选择；另一种是知难而上，只有意志坚定的人才能做到。

但有时，选择并无对错之分。

我们很多人，其实内心都不是很强大。旅行，可以让一个人平和，可以让一个人内省，可以让一个人走向成熟。

当你可以直视自己脆弱的一面之时，这是你内心强大的开始；当你可以心平气和地看待自己退却之时，这预示着你开始走向成熟。

加措活佛说过：“每个人都有两个我：一个不完美的我，一个完美的我。不完美是人的本性，这是真实的我；而完美则是虚幻的我。承认不完美，我们就能找回本真，虽不完美，但却完整。不要想把所有问题都解决了才出发，如果有障碍，把它清理到能走过去就好。”

旅行的意义并不是告诉别人“我来过这里”。旅行是一种改变。旅行会改变人的气质，让人的目光变得更加长远。旅行就是日常生活中的一个小小停顿，让你放慢脚步，去思考，去感悟。在旅途中，你会看到不同的人有不同的习惯，你才可以了解到，并不是每个人都按照你的方式在生活。这样，人的心胸才会变得更宽广，我们才会以更好的心态去面对自己的生活。

“只有一条路不能选择，那就是放弃的路；只有一条路不能拒绝，那就是成长的路。”

此时，台中的夜空突然繁花绽放。不知今天是什么日子，远处楼宇间烟花齐鸣。绚烂的烟花在空中怒放，灿烂无比，光芒万丈。

后　记

“生命中最难的阶段不是没有人懂你，而是你不懂你自己。”

——尼采

骑行台湾在台风“潭美”来临前终于结束了。

尽管没能完成环岛的骑行，但所接触的风土民情早已超出了我的预期，收获颇丰，感慨颇多。对于未完成的北台湾骑行，那就留待以后的日子再去实现吧！

留下一个念想也好！

不知从何时开始，我已经不再认为旅行就是疲于奔波、舟车劳顿，就是简简单单地离开故里。如今，旅行早已是我平凡生活中的细微部分。是旅行给了我生活的动力，是旅行让我回到原点，但又不止于原点。多年来的单车旅行，让我很从容地走出去看看，以“参与者”的姿态近距离地欣赏沿途的风景。漫长的旅途不再仅仅是所谓的景点，我体会到了“风景在路上”的深刻含义。

这几年的出行我也陆陆续续地写了一些游记，但总是有头无尾，或者虎头蛇尾。对于这样的结果，我相当不满意。

对于以体育为职业的我来说，写文字向来都不是我的强项。但，又有谁规定，文字只是那些文坛巨匠们的专利？

写作比骑行要艰难得多。

写台湾游记并不是一件轻松的事情。我必须在繁忙的工作之余、家庭琐事之外，挤出时间来调整好心情，让思绪沉静下来，同时，还必须尽量调动我那文学细胞并不发达的大脑。在不断的磨洋工般的进度下，居然也可以日积月累地完成了这篇拙文。

感谢好友郑文华对书稿提出的宝贵意见。同时，感谢刘敏玲同学为我勾勒出生动鲜活的行程路线图。

付梓之时，我并没有感到丝毫的轻松。时间仓促，能力有限，使得本人的处女作瑕疵多多。

还好，唯一令我欣慰的是我的态度端正。这是我用心去完成的、倾注我满腔热忱的处女作，不矫情，不做作。

The world is not in your maps and books...When you come back， you will not be the same.（世界并不在你的地图与笔记里……当你回来时，你将重获新生。）

——J.R.R. 托尔金《霍比特人》